हम सब FAKE हैं

नीरज बधवार

प्रभात
प्रकाशन

प्रकाशक

प्रभात प्रकाशन प्रा. लि.

4/19 आसफ अली रोड, नई दिल्ली-110002

फोन : 011-23289777 • हेल्पलाइन नं. : 7827007777

इ-मेल : prabhatbooks@gmail.com ❖ वेब ठिकाना : www.prabhatbooks.com

संस्करण

2023

आवरण पृष्ठ

श्री कीर्तिश भट्ट

पेपरबैक मूल्य

दो सौ पचास रुपए

मुद्रक

आर-टेक ऑफसेट प्रिंटर्स, दिल्ली

★

HUM SAB FAKE HAIN
by Shri Neeraj Badhwar

Published by **PRABHAT PRAKASHAN PVT. LTD.**
4/19 Asaf Ali Road, New Delhi-110002

ISBN 978-93-5048-844-7

₹ 250.00 (PB)

लेखकीय

अकसर दूसरों की टाँग खींचते रहने के कारण व्यंग्यकार को इस बारे में अतिरिक्त सतर्कता बरतनी पड़ती है कि खुद उसकी टाँग कहाँ खींची जा सकती है। मसलन, किताब की 'भूमिका' में ये बताने की बारी आई है कि 'मैं क्यूँ लिखता हूँ' मगर इस बात का डर है कि दो लेख पढ़ने के बाद ही पाठक को यह न लगने लगे कि 'मैं लिखता ही क्यूँ हूँ'?

मैं भावुक होकर अपनी इस लेखन-यात्रा के लिए माँ-बाप, गुरु, गली के बड़े भाई और पूर्व प्रेमिकाओं से लेकर मोहल्ले के हलवाई और प्लंबर तक सबको श्रेय दे दूँ और किताब की घटिया समीक्षा सामने आने के बाद यही लोग अखबार में डिसक्लेमर छपवा दें कि मुझे लिखने के लिए भड़काने में उनका कोई हाथ नहीं है और किताब में नाम देकर मैंने उन्हें 'बदनाम' करने की कोशिश की है।

पाठकों को इंप्रेस करने के लिए मैं रचनाओं में स्वस्थ हास्य के साथ वैज्ञानिक दृष्टिकोण का भी हवाला दे दूँ और कोई सुधी पाठक आरटीआई के जरिए मेरी दसवीं की विज्ञान की आंसरशीट हासिल कर दुनिया को बता दे कि कैसे 'खगोलशास्त्री कौन होता है?' के जवाब में मैंने लिख दिया था…'रवि शास्त्री का चाचा!'

इस बात का भी कोई मतलब नहीं कि कैसे घटनाओं या लोगों को देख पैदा हुए विचार दिमाग में सरसराने के बाद पेट में मरोड़ बनकर खुद को अभिव्यक्त करने के लिए मुझे बेचैन करते हैं या कैसे इस बेचैनी में डबलबेड पर लैपटॉप रख पाँवों को हवा में साठ डिग्री पर लटका मैं लिखने लेटता या बैठता हूँ, खासतौर पर तब तक नहीं, जब तक मेरा लिखा ही आपमें कोई दिलचस्पी पैदा न कर पाए।

इसलिए आप किताब पढ़िए, इसका आनंद लीजिए। आनंद आए तो दोस्तों को इसके बारे में बताइए, और न आए तो दुश्मनों को ताकि जैसे आपके रुपए बरबाद हुए हैं, वैसे ही उनके भी हों।

फिर भी…

शुक्रिया माँ-बाप का, जिन्होंने मुझे सोचने की छूट दी और कभी उस छूट का हिसाब नहीं माँगा।

पत्नी मीतू का, जिसने मुझे लिखने का वक्त दिया और मेरे लिखे को सुधारने के लिए हमेशा वक्त निकाला।

और

नन्ही बेटी स्वरा का, जिसने बताया कि आपके लिखे तमाम अल्फाज और जीवन में मिली तमाम तारीफों से ऊपर होती है वो खुशी, जब आपका नन्हा बच्चा खेलते-खेलते किसी पल आपकी छाती पर सर रखकर चुपचाप सो जाता है…

अनुक्रम

लेखकीय 5

भूमिका 7

1. होनी ने बनने नहीं दिया धोनी! 13
2. क्रांतिकारी की चप्पल 15
3. विज्ञापन प्रदेश की लड़कियाँ! 17
4. पनीर में क्या है? 19
5. आलसियों से बची है दुनिया की शांति 21
6. पानी नहीं, पार्किंग के लिए होगा तीसरा विश्व युद्ध! 23
7. सृष्टि का सबसे बड़ा सवाल! 26
8. मच्छर को बनाएँ राष्ट्रीय कीट 28
9. इंग्लिश-विंग्लिश! 30
10. जानते नहीं मेरा बाप कौन है? 32
11. केजरीवालजी, बच्चा अँगूठा चूसता है 34
12. संदेसे आते हैं, हमें फुसलाते हैं! 36
13. क्रिकेट और राजनीति का गठजोड़ 38
14. तबीयत नहीं, नीयत है खराब! 41
15. जान जाए, फैशन न जाए! 43
16. गैर विवादित रचना लिखने के कुछ टिप्स! 45

17. हिंदी व्यंग्यकारों से सबक लें 48
18. जो दिल करे वो खाओ! 50
19. जब मेरा रिजल्ट आया था 52
20. समस्या की टेली प्रेजेंस 54
21. स्वाइन फ्लू का विदेशी मूल! 56
22. इतनी इज्जत बरदाश्त नहीं होगी 58
23. भ्रष्टाचारियो, जरा प्रैक्टिकल हो जाओ! 60
24. जितनी तारीफ की जाए, ज्यादा है! 62
25. वो सुबह कभी नहीं आएगी 64
26. लोमड़ी की संवेदनशीलता 66
27. चुनावी समर का अंतिम विज्ञपन! 68
28. लेखक और बीवी! 70
29. काश! मैं भाव न खाती 72
30. जैक फॉस्टर, तुमने मुझे मरवा दिया 77
31. लौट के फिर न आनेवाले 79
32. रोडवेज की किस बस से आ रही है बारिश? 81
33. रिश्ते भी अगर ब्रांडेड हो जाएँ 83
34. मंदी में नौकरी बचाने के उपाय 85
35. कोई तो बताए कि पंखा चलाना है या नहीं? 88
36. रेलवे स्टेशन का दिलकश नजारा 90
37. पुरस्कार का एंटी क्लाइमैक्स 92
38. क्या तुम रिमोट के लिए नहीं झगड़ते? 94
39. दर्शक होने का सौभाग्य! 97
40. मुहावरों में पिलती बेचारी सब्जियाँ 99
41. हमें हमारे हाल पर छोड़ दो 101
42. प्यार अंधा होता है, वो बर्थ सर्टिफिकेट नहीं देखता! 103

43. हजार करोड़ तक के घोटालों को मिले कानूनी मान्यता! 106
44. प्लास्टिक बधाइयाँ! 108
45. एक सलाम भारतीय पुलिस के नाम! 110
46. महँगाई पीड़ित लेखक का खत 112
47. द ग्रेट इंडियन वैडिंग तमाशा 114
48. सरकारी लापरवाहियों का सौंदर्यशास्त्र 116
49. इस शहर में हम भी भेड़ें हैं 118
50. स्नानवादियों के खिलाफ श्वेतपत्र 120
51. राजनीतिक दलों में उठी एफडीआई की माँग 123
52. नो पुडिंग-सेट, प्लीज! 125
53. फिक्सिंग से हो सकती है सारी समस्याएँ फिक्स! 127
54. एंटरटेनमेंट के लिए कुछ भी चाहेगा! 129
55. भारत तोड़ो आंदोलन 131
56. आईपीएल को राष्ट्रीय घोटाला घोषित करो 133
57. लैट्स प्ले निंदा-निंदा 135
58. तू ही तो मेरा हॉर्न है 137
59. फोटो छपवाने की हसरत! 140
60. न आपकी, न मेरी! 142
61. क्या इशांत शर्मा को आईब्रो बनवानी चाहिए? 144
62. सच्चे प्यार की तलाश! 146
63. ये सब छापकर तुम्हें क्या मिलेगा? 148
64. रचनात्मकता का गौरव और धंधेबाज का स्वार्थ! 150
65. मुफ्त मोबाइल की दूरगामी सोच 152
66. बिल दिया है, जाँ भी देंगे! 154
67. ऐसे मनाई मैंने इको-फ्रेंड्ली दीपावली! 156
68. देश के लिए अपनी प्यास घटाओ 158

69. महँगाई से निपटने के कुछ उपाय 161
70. अगला स्टेशन कश्मीरी गेट है 164
71. रोनेवाले मुझे पेड आर्टिस्ट लगते हैं 166
72. प्लीज, मुझसे जलना मत! 168
73. धोनी की मानहानि और मेरी! 170
74. गब्बर का होली बोनेंजा! 172
75. फेसबुक का फोटो माफिया! 175

होनी ने बनने नहीं दिया धोनी!

क्रिकेट में हर बड़ी हार के बाद औसत भारतीय नौजवान बिना किसी बाहरी दबाव के एक जिम्मेदारी अपने ऊपर ले लेता है। वो ये कि इनसे कुछ नहीं होगा, अब मुझे ही कुछ करना पड़ेगा। भले ही गली की टीम में उसकी जगह पक्की न हो, मगर वो मानता है कि इस देश में अगर कोई ऐसा प्रतिभावान, ऊर्जावान, पहलवान माई का लाल है, तो वो मेरी ही माई का है।

इस लिहाज से टीम इंडिया की हालिया हार का कुछ हद तक मैं भी जिम्मेदार हूँ। मगर यकीन मानिए दोस्तो, इसके लिए पूरी तरह मैं भी कसूरवार नहीं हूँ। जोश मुझमें भी खूब था, बिना फोटोशॉप में गए टीम इंडिया की तसवीर मैं भी बदलना चाहता था, मगर हालात कभी मेरे साथ नहीं रहे।

बचपन में जब ये बात संज्ञान में आई कि मैं एक ऐसे देश में पैदा हुआ हूँ, जहाँ नागरिकता का सबूत देने के लिए क्रिकेट खेलना जरूरी है, तो मैंने भी देशभक्ति दिखाई। शुरुआत लकड़ी के ऐसे टुकड़े से हुई, जिससे इत्तेफाक से घर में कपड़े भी धुलते थे। माँ उससे कपड़े धोतीं और मैं गेंदबाज। इलाके की दुकानों और मेरे शब्दकोष में उस समय तक क्रिकेट बैट का कोई वजूद नहीं था। शुरुआती क्रिकेट कॅरियर उसी थापे के सहारे आगे बढ़ा। फिर कद बढ़ा तो बड़े बल्ले की जरूरत महसूस हुई। अपने-अपने माँ-बाप से झगड़कर गली के दस-एक लड़कों ने मिलकर एक बैट खरीदा।

खेलते समय हम आईसीसी के किसी नियम के दबाव में नहीं आते थे। खिलाड़ियों की संख्या इस बात पर निर्भर करती कि कितनों के बाप घर पर हैं और कितनों के काम पर। गली में दाएँ-बाएँ घर थे, लिहाजा कवर ड्राइव और ऑन ड्राइव की मनाही थी। हम सिर्फ मुँह और गेंद उठा सामने मार सकते थे। उसमें भी कुछ ऐसे घरों में गेंद जाने पर आउट रखा था, जहाँ गेंद के बदले गालियाँ मिलती थीं।

कोलतार की सड़क अब भी हमारे लिए अफवाह थी। कच्ची सड़क पर जगह–जगह गड्ढे रहते। उन्हीं गड्ढों में अपनी योग्यता के हिसाब से निशाना साध हम लेग स्पिन और ऑफ स्पिन करते। गेंदबाजी एक्शन में अपने पसंदीदा गेंदबाजों की घटिया नकल करते। गली क्रिकेट के दौरान बरसों तक मैं खुद को महान् स्पिनर मानता रहा। मगर इस बीच हमारे यहाँ पक्की सड़क का आगमन हुआ। सड़क से गड्ढे और गेंदों से स्पिन गायब हो गई। तब पहली बार मुझे एहसास हुआ कि इस देश का पूरे का पूरा सिस्टम उभरती प्रतिभाओं को दबाने में लगा है।

ऐसे किसी दबाव को नकार हम गली से कूच कर मैदान पहुँचे। किसी को इनसान कहने के लिए जिस तरह उसमें अक्ल अनिवार्य शर्त नहीं है, उसी तरह बिना घास, बिना पिच और स्टैंड्स के इसे भी क्रिकेट स्टेडियम कहा जाता था। शहर के सभी लड़के अपनी भड़ास यहीं निकालते। क्रिकेट की जिन बारीकियों पर जानकार घंटों बहस करते हैं, जैसे बल्लेबाज का फुटवर्क, गेंदबाज का सीधा कंधा—हमें जरा भी प्रभावित नहीं करतीं। नियम इनसान की सहज बुद्धि खत्म कर देता है, ये मान हम अपने तरीके से खेलते। फिसड्डी बल्लेबाज, पैदल गेंदबाजों की बैंड बजाते और खुद को ब्रेडमैन मानते। थके हुए गेंदबाज खुद से ज्यादा थके हुओं की पिटाई कर मुगालतों में जीते।

इन्हीं मुगालतों को सीने से लगाए हम टीवी पर क्रिकेट मैच भी देखते। टीम की हर हार पर उसे चुन–चुनकर गालियाँ देते। यही सोचते कि जब मैं स्टेडियम में कोदूमल की गेंदों की धज्जियाँ उड़ा सकता हूँ तो भारतीय बल्लेबाज एम्ब्रोज की रेल क्यों नहीं बना सकते? हमारी नजर में नाई मोहल्ले के बिल्लू रंगीला और ऑस्ट्रेलिया के ब्रेट ली में कोई फर्क नहीं था। इस तरह अपने–अपने विश्वास से हम टीम इंडिया में चुने जाने के कगार पर थे। मगर तभी हमारे सारे सपने एक ही झटके में सूली पर चढ़ गए। कथित स्टेडियम में नई धान मंडी ट्रांसफर कर दी गई। विकेटों की जगह ट्रक और खिलाड़ियों की जगह आढ़तियों ने ले ली। जिस स्टेडियम से हम गेंदों को बाहर फेंकते थे, जल्द ही हमें उससे बाहर फेंक दिया गया। आज भी सोचता हूँ तो लगता है कि शायद होनी को मेरा धोनी बनना मंजूर ही नहीं था।

□

क्रांतिकारी की चप्पल

वो अलस्सुबह दस बजे उठता है। मुँह-हाथ धोता है, जिसे वो नहाना ही समझता है। केतली-भर चाय बना बिस्तर पर बैठता है। पहले अखबार पढ़ता है। फिर दर्शन का रुख करता है। गुरजेफ से लेकर जिब्रान तक सब पढ़ता है। वो पढ़ता जाता है और उसका तापमान बढ़ता जाता है।

दोपहर होते-होते भुजाएँ फड़कने लगी हैं। भेजे के कुकर में विचारों की बिरयानी हद से ज्यादा उबल चुकी है, रग-रग में सीटियाँ बज उठी हैं। उसे उलटी करनी है। लेकिन कहाँ जाए? ढक्कन कैसे खोले ? दोस्त तो सभी नौकरियों (जो उसकी नजर में छोटी) पर गए हैं।

हताशा में वो टीवी चलाता है। खबरिया चैनल पर रुकता है। जहाँ 'आजादी से हासिल' पर चर्चा हो रही है। इसे खुराक मिल गई। लेकिन दो मिनट में तीनों विचारक खारिज। ये सब किताबी बातें हैं, इनमें से कोई जमीनी हकीकत से वाकिफ नहीं। वो गुस्से में 7388 पर एसएमएस करता है। सोचता है, एंकर अभी मैसेज पढ़ कहेगा—वाह! क्या कसीली बात लिखी है। वो इंतजार कर रहा है, बिना जाने कि ये रिपीट टेलिकास्ट है!

इस बीच बहस बिजली समस्या की तरफ मुड़ती है। वो सीधा होता है, वॉल्यूम बढ़ाता है…सत्यानाश…तभी बिजली चली जाती है। लानत है…हासिल की बात करते हैं, 'ये' हासिल है…बिजली की समस्या पर चर्चा सुनने लगो तो बिजली चली जाती है!

ईश्वर, तू ही बता, आखिर क्या कसूर था मेरा? तेंदूखेड़ा की बजाय मैं टोरंटो में क्यों नहीं जन्मा? बर्गर की जगह भिंडी क्यों लिखी मेरी किस्मत में? लेकिन तभी उसे 'रंग दे बसंती' का डायलॉग याद आता है—सिस्टम से समस्या है तो शिकायत मत करो, उसे बदलने की कोशिश करो। वो खड़ा होता है…सोचता

है···बहुत हुआ···मैं जा रहा हूँ अज्ञानता का अंधकार मिटाने, ज्ञान के दीप जलाने, होम का मोह छोड़, दुनिया के लिए खुद को होम करने।

लेकिन, ये क्या···कहाँ हो तुम···यहीं तो थी···कहाँ चली गई···यहाँ-वहाँ हर जगह ढूँढ़ा···नहीं मिल रही···खयाल आया···कहीं छोटा भाई तो नहीं पहन गया···हाँ, वही पहन गया होगा···उसे तो मैं···

देखते-ही-देखते माहौल और मूड बदलने लगा है। देश को बदल देने की 'महत्त्वाकांक्षा', भाई को देख लेने की 'आकांक्षा' में तबदील हो गई है। क्रांतिकारी का भाई, जो जरा नीचे दही लेने गया है, नहीं जानता कि उसने देश की उम्मीदों की दही कर दी। नाउम्मीद हुआ क्रांतिकारी फिर से बिस्तर पर जा लेटा है। तापमान गिरने लगा है, जोश भाप बन उड़ चुका है। और इस मुल्क की तकदीर 'एक बार फिर' इसलिए नहीं बदल पाई क्योंकि क्रांतिकारी को उसकी चप्पल नहीं मिली! □

विज्ञापन प्रदेश की लड़कियाँ!

टीवी पर इन दिनों मोटरसाइकिल का एक विज्ञापन आ रहा है, जिसमें दिखाया गया है कि कैसे एक लड़का अपनी गर्लफ्रेंड को गुड नाइट का एसएमएस करने की बजाय नई मोटसाइकिल उठा खुद उसके घर उसे गुडनाइट कहने जाता है। लड़की भी मोटरसाइकिल देखते ही उस पर फिदा हो जाती है। विज्ञापन का संदेश साफ है। गर्लफ्रेंड को इंप्रैस करना है तो आज ही हीरो गुंडा कंपनी की मोटरसाइकिल लें आएँ। मोटरसाइकिल से तो मैं प्रभावित नहीं हुआ, मगर उस पर फिदा हो जाने की लड़की की अदा का जरूर कायल हो गया।

विज्ञापन प्रदेश में रहनेवाली ज्यादातर लड़कियों का मैंने यही चरित्र देखा है। ये जरा भी डिमांडिंग नहीं होतीं। लड़का 150 सीसी की बाइक चलाए तो उस पर लट्टू हो जाती हैं, 125 सीसी की बाइक ले आए तो भी फ्लैट हो जाती हैं। गाड़ी के इंजन का इनके पिकअप पर कोई फर्क नहीं पड़ता। ये आदतन सैल्फ स्टार्ट होती हैं। प्रभावित होने के लिए कोई शर्त नहीं रखतीं। बंदरछाप लड़का कबूतरछाप दंतमंजन भी लगाता है तो उसे दिल दे बैठती हैं। ढंग का डियो लगाने पर उसके कपड़े फाड़ देती हैं। आम तौर पर लड़कियों को पान-गुटखे से भले जितनी नफरत हो, लेकिन विज्ञापनबालाएँ उसी को दिल देती हैं, जो खास कंपनी का गुटखा खाता है। मानो बरसों से ऐसे ही लड़के की तलाश में हों, जो जर्दा या गुटखा खाता हो।

दोस्तो, मैं जानना चाहता हूँ कि ऐसी परमसंतोषी लड़कियाँ दुनिया के किस हिस्से के, कौन से टापू पर रहती हैं? वे जहाँ भी हैं, मैं उनसे मिल उनके यथास्थिति मोह का कारण जानना चाहता हूँ। उनसे पूछना चाहता हूँ कि हर छोटी-मोटी चीज पर लट्टू हो जाने की तत्परता उनके संस्कारों का हिस्सा है या फिर उनका उत्पाद प्रेम। अपने लिए कुछ तो स्टैंडर्ड सेट करो यार। बी.एम.डब्ल्यू. पर भी जान छिड़कती हो और बिमला छाप बीड़ी पर भी। प्लास्टिक की कुरसी देख भी डाँवाँडोल होती

हो और पान मसाले पर भी।

हसीन लड़कियों को स्कूल से घर और घर से स्कूल हमने भी कम नहीं छोड़ा। उन्हें पटाने की आयुर्वेदिक, होम्योपैथिक और ऐलोपैथिक विधियों पर हमने भी कम रिसर्च नहीं की, मगर प्लास्टिक की कुरसी में ऐसा कौन सा हुस्न छिपा है, ऐसी क्या रूमानियत घुसी है, जो तुम उसके मालिक को दिल दे बैठती हो। बताओ प्रिये, मैं दुनिया के तमाम असफल प्रेमियों के प्रतिनिधि के नाते पूछता हूँ—आज तुम्हें जवाब देना ही होगा। तुम विज्ञापन में इतनी सहज उपलब्ध हो तो असल जिंदगी में क्यों नहीं? क्या कॉलेज के दिनों में मेरे पास 125 सीसी की बाइक नहीं थी? क्या तुम जैसियों का पीछा करते हुए मैंने हजारों लीटर ईंधन नहीं फूँका? कर्कश हॉर्न बजाते हुए क्या तुम्हारी गलियों के सैकड़ों चक्कर नहीं काटे? चक्कर काटने के इसी चक्कर में क्या तुम्हारे मोहल्लेवालों से नहीं पिटा? और अगर इन सबका जवाब हाँ है, तो बताओ प्रिये, पटने को लेकर तुम्हारी व्यवहार भिन्नता की वजह क्या है? जिस अदा पर तुम विज्ञापन में पट जाती हो, असल जिंदगी में तुम क्यों उसी से कट जाती हो। तुम्हारा कटना मेरे दिल का फटना है।

प्रिये, मैं गुजारिश करता हूँ कि अपने प्रिये उत्पादों की तुम आज ही एक सूची जारी करो। बताओ कि मुझे इस कंपनी का पंखा, उसकी झाड़ू, इसकी कुरसी, इनवर्टर, कार, स्कूटर पसंद है। इससे न सिर्फ तुम्हारी लोकतांत्रिक और पारदर्शी छवि बनेगी बल्कि देश का युवा भी जान जाएगा कि लड़की पटाने के लिए उसे क्या करना है। दोस्तों से प्रेमपत्र लिखवाने के बजाए वो शोरूम में जा प्रोडक्ट्स की ईएमआई पूछेगा। सोचो जरा कि ऐसा हुआ तो कितना सुलभ हो जाएगा इक्कीसवीं सदी का प्रेम। लड़के की लड़की से आँख मिली। लड़के ने पूछा—दीदी, क्या आप फ्री हैं? लड़की ने कहा—दस लड़कों की एप्लिकेशन लगी है, कुछ तय नहीं किया, फ्री ही समझो। लड़का—तो बताओ ऐसा क्या खरीदूँ कि तुम सुध-बुध खो मेरी हो जाओ। लड़की—मुझे धूल-धक्कड़ कंपनी की फूलझाड़ू पसंद है और अल्सर कंपनी का फोर स्ट्रोक स्कूटर। लड़का—अरे, अल्सर कंपनी का स्कूटर तो मैंने कल ही खरीदा है। रही बात फूलझाड़ू की, तो पिताजी का किराना स्टोर है। अपनी होनेवाली बहू को वो फूलझाड़ू तो मुफ्त दे ही देंगे। दोस्तो, अगर ऐसा हुआ तो आनेवाली नस्लें फूलझाड़ू के रास्ते अपना प्रेम परवान चढ़ाएँगी और एक झाड़ू प्रेम की राह में आनेवाले सारे जाले हटाएगी।

□

पनीर में क्या है?

जश्न मनाने को लेकर हम वैजीटेरियन लोगों की जिंदगी बड़ी प्रिडिक्टेबल होती है। मसलन, आपके किसी वैजीटेरियन कलीग को अगर बड़ा इंक्रीमेंट मिला है तो अगले दिन ऑफिस आने पर बिना कन्फर्म किए आप उससे पूछ सकते हैं, और कल रेस्टोरेंट में कड़ाही पनीर कैसा था?

90 फीसदी चांस है कि वो कहेगा, बढ़िया था और 10 फीसदी उम्मीद है कि वो कहेगा, कल मैंने कड़ाही नहीं, शाही पनीर खाया था। मगर इतना तय है कि उसने खाया पनीर ही होगा।

दरअसल, सालों की प्रैक्टिस के बाद, वैजीटेरियन आदमी को लगने लगता है कि ऑर्डर में अगर एक आइटम पनीर का नहीं लिखवाया, तो उससे संविधान की किसी संवेदनशील धारा का उल्लंघन हो जाएगा और बीच खाने में पुलिस, 'यू आर अंडर अरेस्ट' कहकर उसे गिरफ्तार कर लेगी। दो हवाई फायर कर पुलिस इंस्पेक्टर उसे जरा भी होशियारी नहीं दिखाने की हिदायत देगा। हाथों में ग्लव्स पहने 'दया' जैसा एजेंट सबूत के तौर पर उसकी थाली अपने कब्जे में ले लेगा और बैकग्राउंड में बजते खौफनाक म्यूजिक के बीच, चेहरे पर कब्जी की तकलीफ वाले भाव ला, वो इंस्पेक्टर से कहेगा—सर, हमारी इन्फॉर्मेशन बिलकुल करेक्ट थी, इनकी थाली में एक भी आइटम पनीर का नहीं है।

उसी तरह किसी भी शादी में स्नैक्स में लगे 15 आइटम में से हर किसी को दस-दस बार खाने के बाद जब यही आदमी मेन कोर्स पर धावा बोलता है तो बदहवास हो, सबसे पहले पनीर तलाशता है। ठीक वैसे ही, जैसे उस समय कुछ माँएँ हाथ छुड़ाकर इधर-उधर भागे अपने 3 साल के बच्चे को तलाश रही होती हैं।

पेट में दर्जनों टिक्कियों और सैकड़ों वेज मंचूरियन के दबाव के चलते गोल-गप्पे का पानी नाक से निकलने को होगा, मगर बावजूद इसके, ये आदमी

अपनी प्लेट में तीन कड़छी पनीर डालना नहीं भूलता। भले ही वो एक चम्मच न खा पाए, मगर उसे ये अपराधबोध तो नहीं रहेगा कि मैं शादी में आया और पनीर नहीं लिया।

खैर, वैजीटेरियन होने और पनीर की दीवानगी रखने के बावजूद मेरे देश के तमाम चाइनीज आइटम बनानेवालों से अनुरोध है कि भगवान् के लिए चाउमीन में पनीर डालना बंद कर दो। वैसे भी हमारे चीन से रिश्ते अच्छे नहीं हैं!

□

आलसियों से बची है दुनिया की शांति

अगर आप बेहद आलसी हैं और हर वक्त इस गिल्ट में जीते हैं कि आपका सारा दिन पड़े रहने में बीतता है और कोई भी काम आप वक्त पर नहीं करते तो आपको जरा भी शर्मिंदा होने की जरूरत नहीं है। मेरा मानना है कि मौजूदा समय में दुनिया में जो थोड़ी-बहुत शांति बची है, उसका सारा क्रेडिट आलसियों को जाता है।

रजनीश ने कहा भी है, पश्चिम का दर्शन कर्म पर आधारित है और भारतीय दर्शन अकर्मण्यता पर। और अगर आप इतिहास पर नजर दौड़ाएँ तो पाएँगे कि दुनिया का इतना कबाड़ा 'न करनेवालों' ने नहीं किया, जितना 'करनेवालों' ने किया है। दरअसल कर्म इक्कीसवीं सदी का सबसे बड़ा संकट है और वैश्विक शांति को लेकर आलसी इक्कीसवीं सदी की आखिरी 'होप' है। लिहाजा आलसियों को कोसने के बजाए, मानव व्यवहार के अध्येताओं को इन शांतिदूतों को समझना चाहिए, ताकि आनेवाली पीढ़ियाँ इनसे सबक ले अमन के रास्ते पर आगे बढ़ पाएँ।

दरअसल ज्यादातर आलसी बचपन से ही मान कर चलते हैं कि उनका जन्म कुछ महान् करने के लिए हुआ है। नहाने के बाद तौलिये को रस्सी पर सुखाने और खाने के बाद थाली को रसोई में रखने जैसे मामूली काम करने के लिए वो पैदा नहीं हुए। इसलिए वो हमेशा कुछ अलग करने की सोचते हैं। मगर इस सोचने में उन्हें इतना आनंद आने लगता है कि वो सोचने को ही अपना पेशा बना लेते हैं।

घरवालों की नजर में जिस समय एक आलसी पड़ा होता है, उस समय वो दूसरी दुनिया से कनेक्ट हो रहा होता है। वो कुछ सोच रहा होता है। उसे साफ-साफ कुछ दिखाई दे रहा होता है। घरवाले सोचते हैं कि उसने चाय पीकर गिलास जगह पर नहीं रखा, मगर वो ये नहीं देख पाते कि शून्य में ताकता उनका लाडला उस समय किसी महान् नतीजे पर पहुँच रहा होता है। दुनिया की किसी बड़ी

समस्या का हल निकाल रहा होता है।

अब सोचना चूँकि इत्मीनान का काम है, इसलिए वो कोई डिस्टर्बेंस नहीं चाहते। यही वजह है कि ज्यादातर आलसी बहस और झगड़े ऍवॉइड करते हैं। उन्हें लगता है कि झगड़ने से सोचने का क्रम टूटेगा। बीवी से झगड़ा होने पर अपनी गलती न होने पर भी आलसी माफी माँग लेता है। इस तरह आसानी से हथियार डालने पर आलसियों की बीवियाँ अकसर नाखुश रहती हैं। पति से झगड़ों में कोई चैलेंज न मिलने पर उनमें एक अलग किस्म का डिप्रेशन आने लगता है।

इस बारे में मैंने प्रसिद्ध मनोवैज्ञानिक अल-बल कुमार से बात की तो उनका कहना था कि दरअसल झगड़ा एक ऐसी क्रिया है, जिसके लिए किसी भी व्यक्ति को अपने कंफर्ट जोन से निकलना पड़ता है। उसके लिए या तो आपको अपना बिस्तर छोड़ना होगा या फिर अपने डेली रूटीन से समझौता करना होगा और दोनों ही बातें आलसी के बस की नहीं।

चिंटू कुमार आगे कहते हैं, हम सभी ये तो कहते हैं कि मोटे लोग स्वभाव से बड़ा मजाकिया होते हैं, मगर क्या कभी सोचा है कि ऐसा क्यों है? दरअसल, मोटे लोगों को उनका भारी-भरकम शरीर झगड़ने की इजाजत नहीं देता। ज्यादा वजन के चलते वो न तो किसी को मारकर भाग सकते हैं और न ही किसी के मारने पर भागकर खुद को बचा सकते हैं। इसलिए मोटा व्यक्ति या तो झगड़े की स्थिति पैदा ही नहीं होने देता और अगर कोई और बदतमीजी करे तो बड़ा दिल दिखाते हुए उसे माफ कर देता है। इस तरह अपवाद को छोड़ दें तो पहले आप अपनी अकर्मण्यता की वजह से मोटे हुए और फिर इस मोटापे की वजह से शांतिप्रिय बने और समाज में ये ख्याति बटोरी कि भाईसाहब तो बड़े मजाकिया हैं, सो अलग!

मुझे याद है, दलाई लामा ने एक दफा कहा था कि ज्यादातर भारतीय नई जगहों को इसलिए नहीं खोज पाए, क्योंकि वो स्वभाव से आलसी हैं। इसका दूसरा पहलू ये है कि जो लोग नई जगह खोजने गए भी, उन्होंने भी तो वहाँ जाकर स्थानीय लोगों को लूटने और उनसे झगड़ने के अलावा क्या गुल खिलाया? सोचें ज़रा, अगर कोलंबस जरा भी आलसी होता तो ये दुनिया आज उससे कहीं अधिक शांत होती, जितनी कि आज ये है। सच! कोलंबस की सक्रियता ने हमें मरवा दिया।

□

पानी नहीं, पार्किंग के लिए होगा तीसरा विश्व युद्ध!

हिंदुस्तान में एकमात्र ऐसी जगह जहाँ मैंने लोगों को बिना किसी तनाव के गाड़ी चलाते देखा है, वो है टीवी विज्ञापन! बंदे ने शोरूम से गाड़ी निकाली और खाली पड़ी सड़क पर बेधड़क चला जा रहा है। तीस सेकंड के विज्ञापन में उसे न तो कोई रेडलाइट मिलती है, न कोई गड्ढा आता है, न कोई बाइक वाला गंदा कट मारता है और न ही उसके आजू-बाजू से सरिये लहराते कोई हाथ-रिक्शा गुजरता है। उसका सारा ध्यान बैकग्राउंड में बज रहे जिंगल पर लिप मूवमेंट करने और बगल में बैठी बीवी को देख फेक स्माइल देने में होता है। उस बाप के बेटे को इस बात की रत्तीभर भी फिक्र नहीं कि रास्ते में कहीं कोई भिड़-विड़ न जाए, नई गाड़ी पर कहीं कोई स्क्रैच न मार दे।

ऐसा लगता है शोरूम से गाड़ी खरीदने से पहले उसने जिला कलेक्टर को इसकी जानकारी दे दी थी और उन्हीं के आदेश पर शोरूम से लेकर उसके घर तक सारा ट्रैफिक क्लियर करवा दिया गया है, ताकि नई गाड़ी खरीदने से हमारे शहजादा सलीम के मन में जो कविता उपजी है वो घर पहुँचने से पहले ही गद्य में तब्दील न हो जाए। कहीं उस बेचारे का मूड खराब न हो जाए।

तभी मेरी नजर विज्ञापन में ढल रहे सूरज पर पड़ती है और खयाल आता है कि कलेक्टर की मेहरबानी से ये घर तो फिर भी पहुँच जाएगा, मगर इस वक्त गाड़ी लगाने के लिए क्या इसे सोसाइटी में जगह मिलेगी? नहीं, बिलकुल नहीं…शोरूम से निकलने के बाद हमारा हीरो गाड़ी लेकर मंदिर जाएगा और घर लौटते-लौटते उसे काफी देर हो चुकी होगी। और ये उम्मीद करना कि इसकी नई गाड़ी के सम्मान में पड़ोसी आज एक पार्किंग खाली छोड़ देंगे, गाड़ी के विज्ञापन में

उसके माइलेज के दावे को सच मान लेने जैसी मूर्खता होगी।

घर पहुँचने पर बंदे को पार्किंग मिली या नहीं, विज्ञापन इस बारे में कुछ नहीं बताता। वो उन्हें किसी अनजाने पहाड़ की हसीन वादियों में जिंगल गुनगुनाते छोड़ देता है। ठीक वैसे ही जैसे फिल्म में तमाम संघर्षों के बाद लड़का-लड़की की शादी हो जाती है और आखिर में लिखा आता है, एंड दे लिव्ड हैप्पिली एवर आफ्टर। जबकि शादी के बाद आज तक कितने लोग हैप्पिली जी पाए हैं, ये बताने की जरूरत नहीं। कुछ इसी अंदाज में ये विज्ञापन भी खत्म हो जाता है और आखिर में लिखा आता है, ऐंड दे ड्रोव हैप्पिली एवर आफ्टर! और मेरा दिल करता है पलटकर पूछूँ कि दे ड्रोव हैप्पिली एवर आफ्टर...बट कुड दे पार्क देयर कार ईजिली एवर आफ्टर!

मैं ऐसा कोई सवाल नहीं पूछता, लेकिन जानता हूँ कि फिल्मी हीरो के स्टाइल में लड़की को पा लेना कोई बड़ी चुनौती नहीं है, शादी के बाद उससे निभा लेना है। उसी तरह ड्राइविंग स्कूल से पंद्रह दिन में ड्राइविंग सीख लेना और एक मिनट में कार लोन पास करनेवाले किसी बैंक से लोन ले गाड़ी खरीदना कोई चैलेंज नहीं है, असली चुनौती उस कार के लिए पार्किंग ढूँढ़ना है!

घर से ऑफिस के लिए निकलो तो बचा हुआ असाइनमेंट, धूर्त सहकर्मी, नकचढ़ा बॉस इनसान की चिंताओं में बहुत पीछे होते हैं, सबसे पहले ये सोच-सोचकर उसका खून सूखने लगता है कि क्या ऑफिस पहुँचने पर मुझे पार्किंग मिलेगी! और अगर आप ऑफिस पहुँचने में जरा लेट हो गए तो पार्किंग में जगह बनाना, जवानी में किसी खूबसूरत लड़की के दिल में जगह बनाने से ज्यादा मुश्किल हो जाता है।

मेरा दावा है कि जब एक आदमी वर्कप्रेशर की बात करता है तो उसका 30 फीसदी हिस्सा ऑफिस जाकर खुद के लिए पार्किंग ढूँढ़ने का होता है। व्यक्तिगत जीवन के तनाव का 40 फीसदी सोसाइटी ... पार्किंग रिजर्व न होने से होता है और जब वो कहता है कि आजकल खरीदारी मुश्किल हो गई है तो उसका मतलब महँगाई से नहीं, बाजार में पार्किंग न मिलने से होता है!

मेरा मानना है कि ये समस्या इतनी गंभीर है कि व्यावसायिक भविष्यफल और प्रेम भविष्यफल की तर्ज पर अखबारों को रोज पार्किंग भविष्यफल भी देने चाहिए, ताकि बंदा घर से निकलने से पहले पार्किंग में आनेवाली मुश्किलों के लिए खुद को तैयार कर पाए।

जानकार कहते हैं कि अगर तीसरा विश्वयुद्ध हुआ तो पानी के लिए होगा

मगर मुझे लगता है इस वक्त पार्किंग की जो स्थिति है उसमें तीसरा विश्वयुद्ध पानी के लिए नहीं, पार्किंग के लिए होगा। हैरानी नहीं होनी चाहिए अगर कल को खबर मिले कि किसी बड़े देश ने छोटे देश पर सिर्फ इसलिए हमला कर दिया, ताकि उसे अपने पार्किंग लाउंज के तौर पर इस्तेमाल कर पाए! और जिस तरह आजकल चीन, नेपाल के साथ नजदीकी बढ़ा रहा है, मुझे उसकी नीयत पर शक है।

□

सृष्टि का सबसे बड़ा सवाल!

सीईओ के लिए घाटे में चल रही कंपनी को उबारना हो, वैज्ञानिक के लिए स्पेस मिशन की तैयारियों को अंतिम रूप देना हो या फिर लेखक के लिए अपने अगले उपन्यास का प्लॉट तलाशना हो, ये लोग कभी ये सोचकर परेशान नहीं होते कि ये सब कैसे होगा। इन्हें भरोसा होता है कि जैसे भी हो वो इन सवालों के जवाब ढूँढ़ ही लेंगे। मगर यही सीईओ, अर्थशास्त्री, लेखक, वैज्ञानिक उस समय लाजवाब हो जाते हैं जब माथे पर बल और आवाज में झुँझलाहट ला इनकी बीवी पूछती है— शाम को खाने में क्या बनाना है?

दिन, दोपहर, रात और साल दर साल ये सवाल पूछे जाने के बावजूद जब भी बीवी पूछती है, खाने में क्या बनाना है, तो मर्द उसे ऐसी हैरत भरी निगाहों से देखता है, जैसे उससे ग्वाटेमाला की किसी आदिवासी जनजाति का नाम बताकर उसकी दस पुश्तों का फैमिली ट्री बनाने को कह दिया हो। उसे समझ नहीं आता कि इसका क्या जवाब दूँ। कुछ सेकंड सोचने या सोचने का दिखावा करने के बाद उसके मुँह से यही निकलता है, कुछ भी बना लो!

सालों से यही सवाल पूछती और यही जवाब पाती आ रही बीवी भी पलटकर कहती है—मुझे कुछ नहीं सूझ रहा, आप ही बता दो। झुँझलाकर पति कहता है—तुम दिन-रात खाना बनाती हो, जब तुम्हें नहीं सूझ रहा, तो मैं कैसे बता दूँ।

इस पर और झुँझलाहट के साथ बीवी कहती है—बनाती मैं हूँ तो क्या हुआ, खाते तो आप भी हैं। पति कहता है—अभी तुम मेरा दिमाग मत खाओ, जाओ कुछ भी बना लो। बीवी कहती है—ठीक, मैं बैगन बना रही हूँ। पति उबल पड़ता है—नहीं, वो मैंने कल ही ऑफिस में खाए थे। बीवी चिल्लाती है—तभी तो मैं कह रही थी कि आप ही बता दो; कुछ बना लूँगी तो फिर कहोगे ये क्यों बना लिया?

इस तरह बीवी एक बार फिर पति की तरफ ये सवाल उछालती है। पति

फिर टरकाता है और न जाने कितनी सदियों से टरकाता आ रहा है। इस बीच दुनियों के मर्दों ने ब्लैक होल के निर्माण से लेकर, मृत्यु के बाद जीवन तक, न जाने कितने सवालों के जवाब खोज लिये, मगर ये निरीह प्राणी आज तक बीवी को कभी ये नहीं बता पाया कि शाम को खाने में क्या बनाना है!

□

मच्छर को बनाएँ राष्ट्रीय कीट

भारत में हम जिस भी चीज को राष्ट्रीय महत्त्व से जोड़ते हैं, बाद में उसका बेड़ा गर्क हो जाता है। हिंदी हमारी राजभाषा है, लेकिन देश में कुछ लोग सिर्फ इसलिए कत्ल किए जा रहे हैं कि वे हिंदीभाषी हैं। इसे न बोलना ही आज गर्व का विषय हो गया है। मोर हमारा राष्ट्रीय पक्षी है और आज हालत यह है कि मोर बिरादरी जेड श्रेणी की सुरक्षा माँग रही है। हॉकी के सत्यानाश का श्रेय भले ही इससे जुड़े अलग-अलग संघ लें, लेकिन हॉकी की शहादत के पीछे असली वजह उसका राष्ट्रीय खेल होना ही है। वहीं खुद को राष्ट्रपिता का वारिस बतानेवालों ने साठ साल से 'गांधी' को तो पकड़ रखा है, लेकिन 'महात्मा' को भूल बैठे हैं।

मतलब पहले किसी भी चीज को सिर-आँखों पर बैठाओ, फिर सिगरेट के ठूँठ की तरह पैरों तले मसल दो। मेरा मानना है कि जब यह सिद्धांत इतना सीधा है तो क्यों न हम तमाम बड़ी समस्याओं को राष्ट्रीय महत्त्व से जोड़ दें, वे खुद-ब-खुद खत्म हो जाएँगी। इस दिशा में हमें सबसे पहले मच्छर को राष्ट्रीय कीट घोषित करना चाहिए।

सरकार घोषणा करे कि राष्ट्रीय कीट होने के नाते मच्छरों का संरक्षण किया जाए। उसे 'गंदगी बढ़ाओ, मच्छर बचाओ' टाइप कैंपेन चलाने चाहिए। निगम कर्मचारियों को आदेश दिए जाएँ कि वे अपनी अकर्मण्यता में सुधार लाएँ। जिस गली में पहले हफ्ते में दो बार झाड़ू लगती थी, वहाँ महीने में एक बार से ज्यादा झाड़ू न लगे। गंदगी बढ़ाने के लिए पॉलिथीन के इस्तेमाल को प्रोत्साहन दिया जाए, ताकि अधूरी चौपट सीवर व्यवस्था पूरी तरह चौपट हो पाए। गटर-नालियाँ जितने उफान पर होंगी, उतनी ही तेजी से मच्छर बिरादरी फल-फूल पाएगी। मच्छर को चीतल के समान दरजा दिया जाए और प्रावधान किया जाए कि एक मच्छर मारने पर पाँच साल का सश्रम कारावास और दो लाख रुपए का आर्थिक दंड दिया

जाएगा। आम आदमी में कानून का खौफ पैदा करने के लिए 'एक मच्छर आदमी को जेल भिजवा सकता है' टाइप थ्रेट कैंपेन भी चलाए जाएँ। इसके लिए किसी बड़े स्टार की सहायता ली जा सकती है।

किसी सेलिब्रिटी को मच्छर एंबेसेडर घोषित किया जा सकता है। आप इसे कोरी बकवास न समझें। आपको जानकर हैरानी होगी कि जब इस योजना को मैंने सरकार के सामने रखा तो उसने फौरन देश के 156 जिलों में प्रायोगिक तौर पर इसे लागू भी कर दिया और जो नतीजे आए वे बेहद चौंकानेवाले थे।

निगम कर्मचारियों तक जैसे ही सरकार का फरमान पहुँचा, उनका खून खौल उठा। उन्होंने तय किया कि अब वे कभी अपनी झाड़ू पर धूल नहीं चढ़ने देंगे। जो कर्मचारी पहले सड़क पर झाड़ू नहीं लगाते थे, वो खुंदक में अपने घर पर भी सुबह-शाम झाड़ू लगाने लगे। वहीं पॉलिथीन का ज्यादा इस्तेमाल करने के सरकारी आदेश के बाद महिलाएँ पति की पुरानी पैंट का थैला बनाकर बाजार से सामान लाने लगीं। शाही घरानों के लड़कों ने, जो पहले जंगल में शेर का शिकार करने जाते थे, अब जीपों का मुँह शहर के गटरों की तरफ कर दिया। अब वह बंदूक के बजाय शिकार पर बीवी की चप्पलें ले जाने लगे और उनसे चुन-चुनकर मच्छर मारने लगे। इस सबके बीच उन लोगों की मौज हो गई, जो एक वक्त कमजोर डील-डौल के चलते मच्छर कहलाते थे, अब वो इसे कॉम्पलिमेंट की तरह लेने लगे।

खैर, नतीजा यह हुआ कि लागू करने के महज तीन महीने के भीतर ही योजना बुरी तरह फ्लॉप हो गई और सभी 156 जिले पूरी तरह मच्छरों से मुक्त करवा लिये गए। योजना की असफलता से उत्साहित कुछ लोगों ने प्रस्ताव रखा है कि इसी तर्ज पर भ्रष्टाचार को राष्ट्रीय आचरण और दलबदल को राष्ट्रीय खेल घोषित किया जाए। इसी तरह 'अतिथि देवो भव' का स्लोगन बदलकर 'अतिथि छेड़ो भव' किया जाए। ऐसा करने पर ही इन समस्याओं से मुक्ति मिल पाएगी।

□

इंग्लिश-विंग्लिश!

कुछ फिल्मों की आस-पास इतनी चर्चा होती है कि डर लगता है कि जल्द ही उसे देख नहीं आए तो समाज से निकाल दिए जाएँगे। ऐसे ही सामाजिक बहिष्कार के डर से मैं अंग्रेजी फिल्म 'ग्रेविटी' देखने गया। फिल्म का नाम सुन काउंटर ब्वॉय ने कहा कि चार बजे का शो है, ढाई सौ का टिकट है और फिल्म अंग्रेजी में है। टिकट देने पर लड़के ने फिर कहा—चार का शो है, सेंटर कॉर्नर सीट है और फिल्म अंग्रेजी में है।

पहली बार जब उसने कहा कि फिल्म अंग्रेजी में है, तो लगा कि जानकारी दे रहा है, मगर जब यही बात दोहराई तो लगा कि वो जानकारी नहीं दे रहा, मुझे आगाह कर रहा है! जैसे केबीसी में गलत जवाब देने पर अमिताभ प्रतियोगी को आगाह करते हैं। उसी तरह मेरी शक्ल पर हिंदी मीडियम की छाप देख, वो भी मुझे सतर्क कर रहा है। शायद कहना चाह रहा है कि जिस राजकीय उच्च माध्यमिक विद्यालय नंबर 3 से तुम पढ़े हो, उस 'तीन' के आगे ये भैंस की बीन है। अब भी वक्त है सँभल जाओ और इसे कैंसिल करवा 'ग्रैंड मस्ती' का टिकट ले लो।

आखिरी पल तक काउंटर ब्वॉय मुझे 'आर यू श्योर' के अंदाज में देखता है और मैं इस अंदाज को नजरअंदाज कर हॉल में घुस जाता हूँ। मैं महसूस करता हूँ कि हँसी के सींस पर मैं बाकियों से ज्यादा हँस रहा हूँ। शायद ज्यादा जोर से हँसकर पूरे हॉल में ऐलान कर देना चाहता हूँ कि फिल्म मुझे भी समझ आ रही है। बीच फिल्म में फेसबुक स्टेटस अपडेट कर दोस्तों को लानत दे देता हूँ कि 'ग्रेविटी' नहीं देखी, तो जिंदगी बरबाद है। हालाँकि जिनके लिए लिखा है, उनकी पहले से बरबाद है।

ऐसी ही पैंतरेबाजियों में दो घंटे निकाल थिएटर से बाहर आता हूँ। उम्मीद करता हूँ मेरी इस 'उपलब्धि' पर सम्मानित करने के लिए लोग फूल-मालाएँ लेकर

बाहर खड़े होंगे। टी.वी. वाले माइक आगे कर पूछेंगे—आपने ये कारनामा कैसे कर दिखाया? मगर अफसोस, लोग नहीं समझते कि मंगलयान से भी बड़ी स्पेस मिशन से जुड़ी भारतीय सफलता ये है कि एक हिंदी भाषी आदमी, स्पेस मिशन पर बनी एक अंग्रेजी फिल्म देख आया है!

□

जानते नहीं मेरा बाप कौन है?

बुक स्टॉल पर किताबें पलटते हुए अचानक मेरी नजर एक मैगजीन पर पड़ती है। ऊपर लिखा है, गीत-गजलों की सर्वश्रेष्ठ त्रैमासिक पत्रिका। सर्वश्रेष्ठ त्रैमासिक पत्रिका! ये बात मेरा ध्यान खींचती हैं। स्वमाल्यार्पण का ये अंदाज मुझे पसंद आता है। मैं सोचता हूँ कि पहले तो बाजार में गीत-गजलों की पत्रिकाएँ हैं ही कितनी? उनमें भी कितनी त्रैमासिक हैं? बावजूद इसके, प्रकाशक ने घोषणा कर दी कि उसकी पत्रिका सर्वश्रेष्ठ है। अपने माँ-बाप की इकलौती औलाद होने पर आप ये दावा तो कर ही सकते हैं कि आप उनकी सबसे प्रिय संतान हैं! जीने के लिए अगर वाकई किसी सहारे की जरूरत है तो कौन कहता है कि गलतफहमी सहारा नहीं बन सकती। गौरवपूर्ण जीवन ही अगर सफल जीवन है, तो उस गौरव की तलाश भी तो व्यक्ति या संस्था को खुद ही करनी पड़ती है।

दैनिक अखबारों में तो ये स्थिति और भी ज्यादा रोचक है। एक लिखता है, भारत का सबसे बड़ा समाचार-पत्र समूह। दूसरा कहता है, भारत का सबसे तेजी से बढ़ता अखबार। तीसरा कहता है, सबसे अधिक संस्करणोंवाला अखबार। और जो अखबार आकार, तेजी और संस्करण की ये लड़ाई नहीं लड़ पाते, वो इलाकाई धौंस पर उतर आते हैं। हरियाणा का नंबर वन अखबार या पंजाब का नंबर दो अखबार। एक ने तो हद कर दी। उस पर लिखा आता है—फलाँ-फलाँ राज्य का सबसे विश्वसनीय अखबार। अब आप नाप लीजिए विश्वसनीयता, जैसे भी नाप सकते हैं। कई बार तो स्थिति और ज्यादा रोचक हो जाती है, जब एक ही इलाके के दो अखबार खुद को नंबर एक लिखते हैं। मैं सोचता हूँ, अगर वाकई दोनों नंबर एक हैं, तो उन्हें लिखना चाहिए संयुक्त रूप से नंबर एक अखबार!

ये तो बात हुई पढ़ानेवालों की। पढ़नेवालों के भी अपने गौरव हैं। मेरे एक परिचित हैं, उन्हें इस बात का बहुत गुमान है कि उनके यहाँ पाँच अखबार आते हैं।

वो इस बात पर ही इतराते रहते हैं कि उन्होंने फलाँ-फलाँ को पढ़ रखा है। प्रेमचंद को पूरा पढ़ लेने पर इतने गौरवान्वित हैं, जितना शायद खुद प्रेमचंद वो सब लिखकर नहीं हुए होंगे। अकसर वो जनाब कोफ्त पैदा करते हैं, मगर कभी-कभी लगता है कि इनसे कितना कुछ सीखा जा सकता है। बड़े-बड़े रचनाकार बरसों की साधना के बाद भी बेचैन रहते हैं कि कुछ कालजयी नहीं लिख पाए। घंटों पढ़ने पर भी कहते हैं कि उनका अध्ययन कमजोर है। और ये जनाब घर पर पाँच अखबार आने से ही गौरवान्वित हैं! साढ़े चार सौ रुपए में इन्होंने जीवन की सार्थकता ढूँढ़ ली है।

पढ़ना या लिखना तो फिर भी कुछ हद तक निजी उपलब्धि हो सकती है, पर मैंने तो ऐसे भी लोग देखे हैं, जो जीवन भर दूसरों की महिमा ढोते हैं। एक श्रीमान तो अकसर ये कहते पाए जाते हैं कि मेरे जीजाजी तो एसपी हैं। मैं सोचता हूँ कि परीक्षा जीजा ने पास की। पढ़ाया उनके माँ-बाप ने। रिश्ता बिचौलिए ने करवाया। शादी बहन की हुई और इन्हें ये सोच रात भर नींद नहीं आती कि मेरे जीजाजी तो एसपी हैं। हर जाननेवाले पर ये अपने जीजा के एसपी होने की धौंस मारते हैं। परिचितों का बस चले तो आज ही इनके जीजाजी का निलंबन करवा दें!

उन्हें देखकर अकसर मुझे लगता है कि पढ़-लिखकर कुछ बन जाने से इनसान अपने माँ-बाप का ही नहीं, अपने साले का भी गौरव बन सकता है! सच! सफलता के कई बाप ही नहीं, कई साले भी होते हैं।

पद के अलावा पोस्टल एड्रेस में भी मैंने बहुतों को आत्मगौरव ढूँढ़ते पाया है। सहारनपुर में रहनेवाला शख्स दोस्तों के बीच शान से बताता है कि उसके मामाजी दिल्ली में रहते हैं। दिल्ली में रहनेवाला व्यक्ति सीना ठोक के कहता है कि उसके दूर के चाचा का ग्रेटर कैलाश में बँगला है। उसके वही चाचा अपनी सोसायटी में इस बात पर इतराते हैं कि उनकी बहन का बेटा यूएस में सैटल्ड है।

कभी-कभी सोचता हूँ तो लगता है कि जब आत्मविश्लेषण में ईमानदारी की जगह नहीं रहती, तब जगह भी आत्मगौरव बन जाती है। फिर भले वो दिल्ली में रहनेवाले दूर के चाचा की हो या यूएस में सैटल्ड बहन के बेटे की!

□

केजरीवालजी, बच्चा अँगूठा चूसता है

हम भारतीय बड़े भावुक लोग हैं। बस में अगर कोई अजनबी भी प्यार से बात कर ले, तो दस मिनट बाद उसके गले लगकर रोते हुए बताने लगते हैं कि क्या करूँ भइया, मेरी लड़की कपिल की बुआ से भी बड़ी हो गई, मगर उसकी शादी नहीं हो रही। इस पर अगर उसने तसल्ली दे दी, तो खुद भूखे रहकर, उसे घर से लाए चारों पराँठे, अचार और आलू की सब्जी भी खिला देंगे, जो सुबह चार बजे उठकर बीवी ने बनाए थे।

अब ऐसे देश में अगर कोई मुख्यमंत्री बस में साथ बैठी उस हमदर्द सवारी की तरह बरताव करे तो पूरी-की-पूरी बस बौरा जाती है। तभी तो केजरीवाल ने जब प्रेस कॉन्फ्रेंस में कहा कि एक लड़की कह रही थी कि मेरी शादी करवा दो तो मुझे जरा भी हैरानी नहीं हुई; और आपको भी नहीं होनी चाहिए। अगर कल को उनके पास आकर कोई महिला कहे कि केजरीवालजी, मेरे बच्चे का अँगूठा चूसना छुड़वा दो। कुत्ते को ग्रिल्ड सैंडविच खिलाने से लेकर कौए को पाइनेपल शेक पिलाने तक, बाबाओं के बताए सभी उपाय कर चुकी हूँ, मगर कुछ नहीं हुआ।

ये कहते ही वो केजरीवाल के पाँवों में सिर पटककर रोने लगे और इससे पहले वो उसे चुप कराएँ, वहाँ एक और लड़की आकर शिकायत करने लगे कि हमारी लोकल मार्केट में मैचिंग की लैगिंग नहीं मिलती और गोलगप्पेवाला भी पानी में मिर्च बहुत डालता है, आप एक बार आकर उन सबको डाँट दें।

ऐसी शिकायतें आईं तो केजरीवालजी को बुरा नहीं मानना चाहिए। आखिर वो आम आदमी के मुख्यमंत्री हैं। इसलिए कल को कोई कहे कि केजरीवालजी, मेरे बेटे का स्कूल में पोयम कॉम्पिटिशन है, आप कुमार विश्वास को कहकर दो कविताएँ लिखवा दें, या सीलन की वजह से बेडरूम की दीवार का पेंट उखड़ गया है, लड़का भेजकर पेंट करवा दें, तो इसके लिए उन्हें तैयार रहना होगा।

आखिरी में एक माँग मेरी भी, मेरा मकान मालिक किराया बढ़ाने के लिए कह रहा है और मैं हैसियत में नहीं हूँ, जानना चाहता हूँ कि अगर आपका भगवानदास रोड वाला फ्लैट अब भी खाली है, तो क्या मैं वहाँ शिफ्ट कर सकता हूँ?

□

संदेसे आते हैं, हमें फुसलाते हैं!

एक जमाने में ईश्वर से जो चीजें माँगा करता था, आज वो सब मेरी चौखट पर लाइन लगाए खड़ी हैं। कभी मेल तो कभी एसएमएस से दिन में ऐसे सैकड़ों सुहावने प्रस्ताव मिलते हैं। लगता है कि ईश्वर ने मेरा केस मोबाइल और इंटरनेट कंपनियों को हैंडओवर कर दिया है। पैन कार्ड बनवाने से लेकर, मुफ्त पैन पिज्जा खाने तक के, न जाने कितने ही ऑफर हर पल मेरे मोबाइल पर दस्तक देते हैं! इन कंपनियों को दिन-रात बस यही चिंता खाए जाती है कि कैसे 'नीरज बधवार' का भला किया जाए?

कुछ समय पहले ही किन्हीं पीटर फूलन ने मेल से सूचित किया कि मेरा इ-मेल आईडी दो लाख डॉलर के इनाम के लिए चुना गया है। हफ्ते भर में पैसा अकाउंट में ट्रांसफर कर दिया जाएगा। 'सिर्फ' दो हजार डॉलर की मामूली प्रोसेसिंग फीस जमा करवा मैं ये रकम पा सकता हूँ। ये जान मैं बेहद उत्साहित हो गया। कई दिनों से न नहाने के चलते बंद हो चुका मेरा रोम-रोम, इस मेल से खिल उठा। इलाके की सभी कोयलें कोरस में खुशी के गीत गाने लगीं, मोर बैले डांस करने लगे। मैं समझ गया कि मेरी हालत देख माता रानी ने स्टिम्युलस पैकेज जारी किया है।

पहली फुरसत में मैंने ये बात बीवी को बताई। मगर खुश होने के बजाए वो सिर पकड़कर बैठ गई। फिर बोली—मैं न कहती थी आपसे कि अब भी वक्त है सँभल जाओ, मगर आप नहीं माने। अब तो आपकी मूर्खता को भुनाने की अंतरराष्ट्रीय कोशिशें भी शुरू हो गई हैं। मैंने वजह पूछी तो वो और भी नाराज हो गई। कहने लगी कि आज के जमाने में दुकानदार तक तो बिना माँगे आटे की थैली के साथ मिलनेवाली मुफ्त साबुनदानी नहीं देता और आप कहते हैं कि किसी ने आपका इ-मेल आईडी सिलेक्ट कर आपकी दो लाख डॉलर की लॉटरी निकाली है! हाय रे मेरा अंदाजा! आपकी जिस मासूमियत पर फिदा हो, मैंने आपसे शादी की थी, मुझे

क्या पता था कि वो नेकदिली से न उपज, आपकी मूर्खता से उपजी है!

दोस्तो, एक तरफ बीवी शादी करने का अफसोस जताती है तो दूसरी तरफ हर छठे सेकिंड मोबाइल पर शादी करने के प्रस्ताव आते हैं। बताया जाता है कि मेरे लिए सुंदर ब्राह्मण, कायस्थ, खत्री जैसी चाहिए, वैसी लड़की ढूँढ़ ली गई है। बंदी अच्छी दिखती है और उससे भी अच्छा कमाती है। सेल के आखिरी दिनों की तरह चेताया जाता है कि देर न करूँ। मगर मैं बिना देर किए मैसेज डिलीट कर देता हूँ। ये सोचकर ही सहम जाता हूँ कि बिना ये देखे कि मैसेज कहाँ से आया है, अगर बीवी ने उसे पढ़ लिया तो क्या होगा?

और जैसे ये संदेश अपने आपमें तलाक के लिए काफी न हों, अब तो सुंदर और सेक्सी लड़कियों के नाम और नंबर सहित मैसेज भी आने लगे हैं। कहा जा रहा है कि मैं जिससे, जितनी और जैसी चाहूँ, बात कर सकता हूँ। बिना ये समझाए कि सुंदर और सेक्सी लड़की के लालच का भला फोन पर बात करने से क्या ताल्लुक है। साथ ही मुझे बिकनी मॉडल्स के वॉलपेपर मुफ्त में डाउनलोड करने का अभूतपूर्व मौका भी दिया जाता है। मानो, इस ब्रह्मांड में जितने और जैसे जरूरी काम बचे थे, वो सब मैंने कर लिये हैं, बस यही एक बाकी रह गया है!

दोस्तो, ऐसा नहीं है कि ये लोग मेरा घर उजाड़ना चाहते हैं। इन बेचारों को तो मेरे घर बनाने की भी बहुत फिक्र है। नोएडा से लेकर गाजियाबाद और गुड़गाँव से लेकर मानेसर तक का हर बिल्डर मैसेज कर निवेदन कर रहा है कि सिर्फ मेरे लिए आखिरी कुछ फ्लैट बाकी हैं। ये सोच कभी-कभी खुशी होती है कि इतने बड़े शहर में आज इतनी इज्जत कमा ली है कि बड़े-बड़े बिल्डर पिछले एक साल से सिर्फ मेरे लिए आखिरी के कुछ फ्लैट खाली रखे हुए हैं। पिछली दीवाली पर शुरू किए 'सीमित अवधि' के डिस्काउंट को सिर्फ मेरे लिए खींचतान कर वो इस दीवाली तक ले आए हैं। उनके इस प्यार और आग्रह पर कभी-कभी आँखें भर आती हैं। मगर मकान भरी आँखों से नहीं, भरी जेब से खरीदा जाता है। मैं खाली जेब के हाथों मजबूर हूँ और वो मेरा भला चाहने की अपनी आदत के हाथों। वो संदेश भेज रहे हैं और मैं अफसोस कर रहा हूँ। मकान से लेकर 'जैसी टीवी पर देखी, वैसी सोना बेल्ट' खरीदने के एक-से-एक धमाकेदार ऑफर हर पल मिल रहे हैं। कभी-कभी सोचता हूँ कि सतयुग में अच्छा संदेश सुन राजा अशर्फियाँ लुटाया करते थे, खुदा न खास्ता अगर उस जमाने में वो मोबाइल यूज करते तो उनका क्या हश्र होता!

□

क्रिकेट और राजनीति का गठजोड़

क्रिकेट और राजनीति हमारे जीवन के अहम हिस्से हैं। मगर ये देख बहुत अफसोस होता है कि इतने सालों में दोनों ने एक–दूसरे से कुछ नहीं सीखा। टीवी पर आइपीएल देखने और राजनीतिक बहसें सुनने के दौरान मैंने महसूस किया कि अगर दोनों एक–दूसरे की अच्छाइयाँ अपना लें तो खुद में बहुत सुधार ला सकते हैं। मतलब राजनीति का क्रिकेटीकरण और क्रिकेट का राजनीतिकरण हो जाए तो मजा आ जाए। कैसे? मुलाहिजा फरमाएँ—

1. ये सभी जानते हैं कि खिलाड़ी भी बिकाऊ हैं और नेता भी। मगर त्रासदी देखिए, खिलाड़ियों की कीमत खेल शुरू होने से पहले लगती है और नेताओं की खेल खत्म होने के बाद। मैं पूछता हूँ कि अगर क्रिकेटीय प्रतिभाओं को खेल खेलने से पहले अपनी कीमत जानने और लेने का हक है तो नेताओं को क्यों नहीं? राजनीतिक प्रतिभाओं से न्याय के लिए जरूरी है कि चुनाव से दो महीने पहले इनका भी ऑक्शन हो। चुनाव आयोग की तर्ज पर अलग से एक संस्था बनाकर इच्छुक नेताओं का रजिस्ट्रेशन किया जाए। तमाम राष्ट्रीय और मान्यता प्राप्त पार्टियाँ उसमें आमंत्रित की जाएँ। ऐसा होने पर देश के सभी सैटिंगबाज, धंधेबाज, जहर उगलू, सेंधमारू एक छत के नीचे बिकने के लिए तैयार होंगे। कोई भी पार्टी जरूरत और बजट के आधार पर खरीददारी कर पाएगी। इससे न तो उम्मीदवार उपेक्षा की शिकायत कर पाएँगे और न ही पार्टियाँ संगठनात्मक कमजोरी का रोना रो पाएँगी।
2. जहाँ तक दायरा बढ़ाने की बात है तो राजनीति के मुकाबले क्रिकेट अब भी काफी पिछड़ा हुआ है। इन सालों में राजनीति व्यवसायीकरण, अपराधीकरण के रास्तों से होती हुई जहाँ सांप्रदायीकरण तक पहुँच गई,

वहीं क्रिकेट सिर्फ व्यवसायीकरण तक ही पहुँच पाया। वक्त आ गया है कि क्रिकेट भी राजनीति की तर्ज पर खुद को नए आयाम दे। राज्य के आधार पर टीम बनाने के बजाए जाति और धर्म के आधार पर टीमें बनाई जाएँ। ब्राह्मण, ठाकुर, कायस्थ, जाट, गुर्जर—हर किसी की अलग से टीम हो। इससे होगा ये कि जिन लोगों को 'क्षेत्रीय टीम का विचार' अब तक मैच देखने के लिए प्रेरित नहीं कर पाया वो कम-से-कम 'बिरादरी के आदमी का हाल' जानने के लिए ही मैच देख लेंगे। वैसे भी जाति जब चुनावी उम्मीदवार की सबसे बड़ी योग्यता हो सकती है तो क्रिकेट में सबसे बड़ा आकर्षण क्यों नहीं?

इसी तरह क्रिकेट में परिवारवाद को बढ़ावा देने के लिए भी नियम बनाए जाएँ। बड़े खिलाड़ियों के बेटे रणजी खेले बिना सीधा टेस्ट क्रिकेट खेलें। जैसे, अगर कोई बड़ा प्लेयर पंद्रह साल से टेस्ट में नंबर चार पर बैटिंग करता रहा है तो कल को उसके बेटे को भी इसी स्लॉट पर खेलने की छूट दी जाए। जनता भी उसकी परफॉरमेंस भूल उसके पिताजी का नाम याद रखे। जिस तरह राजनीति में खानदानी सीट होती है, उसी तरह क्रिकेट में खानदानी स्लॉट की परंपरा स्थापित की जाए।

3. क्रिकेट में एक टीम के लिए बहुकप्तान की बात अकसर की जाती है मगर ये आइडिया अब तक किसी टीम ने लागू नहीं किया, लेकिन देश के मौजूदा राजनीतिक हालात में बहुप्रधानमंत्री का विचार बहुत जल्द लागू किया जा सकता है। मेरे विचार में 15 सीटों वाली पार्टी का भी वही महत्त्व है, जो 150 सांसदों वाली पार्टी का। लिहाजा गठबंधन में शामिल पार्टियाँ अपनी कुल संख्या को पाँच साल से भाग दें। इसके बाद जो संख्या आए, उतने समय तक हर पार्टी का एक प्रधानमंत्री रहे। मसलन गठबंधन में 20 पार्टियाँ हैं। पाँच साल में साठ महीने हैं। ऐसे में पाँच साल के लिए बीस प्रधानमंत्री बनाए जाएँ जो क्रमशः तीन-तीन महीने तक पीएम की कुरसी पर बैठें। इससे न सिर्फ फ्रेशनेस बनी रहेगी, बल्कि देश की दुर्दशा में सभी मिलकर योगदान दे पाएँगे।
4. उदारता के मामले में क्रिकेट राजनीति से काफी कुछ सीख सकता है। जिस तरह राज्यसभा में कलाकारों, लेखकों, पत्रकारों, बुद्धिजीवियों को जगह मिलती है, उसी तरह क्रिकेट टीम में नहीं मिलती। लिहाजा क्रिकेट टीम में नेताओं के लिए कुछ स्थान आरक्षित किए जाएँ। बीसीसीआइ

की सहमति के बाद ये नियम बने कि जो भी सरकार सत्ता में होगी, उसे क्रिकेट टीम में कम-से-कम तीन पद भरने का हक होगा। ऐसे में जो लोग कैबिनेट में जगह नहीं बना पाएँगे, उन्हें क्रिकेट टीम में जगह दे दी जाएगी। इस तरह के 'नेता खिलाड़ियों' को कैबिनेट मंत्री का दर्जा दिया जाएगा। मैच खेलने भी वो लाल बत्ती की गाड़ी में आएँगे। बल्लेबाजी के वक्त इन्हें अंडरआर्म गेंद फेंकी जाएगी। चौका-छक्का लगाने पर चीयरलीडर्स की बजाय इनके आवारा और नशेड़ी दोस्तों को नाचने की छूट होगी। तमाम सरकारी विज्ञापनों में भी इन्हें प्राथमिकता दी जाएगी। और अंत में मैच कोई भी जीते, मैच के आखिर में भाषण यही देंगे।

इस तरह क्रिकेट और राजनीति अगर दोनों एक-दूसरे की अच्छाइयों को अपना लें तो खुद में कई गुना सुधार ला सकते हैं।

□

तबीयत नहीं, नीयत है खराब!

ऑफिस पहुँचा तो पता चला कि वो आज भी नहीं आ रहीं। सुबह फोन कर उन्होंने बताया कि 'अचानक' उनकी तबीयत खराब हो गई। इस हफ्ते दूसरी बार उनकी 'अचानक' तबीयत खराब हुई है। और अगर मैं ठीक हूँ तो पिछले एक साल में 63 बार 'अचानक' तबीयत खराब होने की वजह से वो छुट्टी ले चुकी हैं। 'अचानक' की इस कंसिस्टेंसी से मैं हैरान हूँ। संडे की उनकी छुट्टी रहती है और इसे 'इतेफाक' ही कहा जाएगा कि या तो वो शनिवार को बीमार पड़ती हैं या सोमवार को। और ये 'इतेफाक' भी अब इतनी बार हो चुका है कि हम इसकी भविष्यवाणी तक कर सकते हैं!

उनकी इस बीमारी पर बहुत से लोगों ने रिसर्च की मगर हाथ कुछ नहीं लगा। लोग समझ नहीं पा रहे वीकली बेसिस पर आने वाली ये कौन सी बीमारी है, जो जितनी तेजी से उन्हें अपने आगोश में लेती है, उतनी ही जल्दी छोड़ भी देती है। हँसती-खेलती वो ऑफिस से जाती हैं, हँसती-खेलती ही लौटती हैं। इस बीच वो बीमार पड़ती हैं और रिकवर भी कर जाती हैं!

हममें से बहुतों की तमन्ना है कि हम भी इस तरह अचानक बीमार पड़ें, मगर ज्यादातर इसे अफोर्ड नहीं कर सकते। वजह, इस तरह बीमार पड़ने के लिए बॉस से मेल बढ़ाना पड़ता है और अगर आप मेल हैं और आपका बॉस भी मेल है तो ये मेल कभी नहीं बढ़ सकता।

इन मोहतरमा के अलावा फर्जी एग्जाम के नाम पर भी लोगों को साल में तीन-तीन बार छुट्टियाँ लेते देखा है। मैं कभी नहीं समझ पाया कि आखिर ये कौन सा विश्वविद्यालय है, जो साल में तीन-तीन बार परीक्षा लेता है। जो लोग इतने सालों में अपना तय काम नहीं सीख पाए, वो अतिरिक्त पढ़ाई कर वैसे भी क्या उखाड़ लेंगे?

खैर, वजह जो भी हो मगर एग्जाम के नाम पर छुट्टियाँ मिलने की सफलता का प्रतिशत है काफी अच्छा। कोई भी बॉस इस अपराधबोध के साथ नहीं जी सकता कि मेरी वजह से इसका वर्तमान तो खराब हो ही रहा है, कहीं इसका भविष्य भी खराब न हो जाए! इसलिए परीक्षा के नाम पर अकसर छुट्टी मिल जाया करती है।

मगर जानकार चेताते हैं कि बहाने बनाते समय कुछ सावधानियाँ अवश्य बरतें। मसलन, सालों पहले गुजर चुके दादा-नाना का छुट्टी के लिए जरूरत से ज्यादा इस्तेमाल करने से बचें। एक परिचित को तो उसके बॉस ने कह भी दिया था कि मुझे समझ नहीं आता कि हर बार दीपावली के आसपास ही तुम्हारे नानाजी की डैथ क्यों होती है!

वहीं, बहानों में अति भावुकता से भी बचें। जैसे, छुट्टी के लिए नजदीकी रिश्तेदार की शादी या दोस्त की खराब तबीयत की आड़ न लें। एक बात समझ लें कि जिस शख्स को आप इमोशनल कर छुट्टी लेने की सोच रहे हैं, वो सारे इमोशंस का गला घोंटकर ही इस पद तक पहुँचा है। ऐसे बहानों पर अकसर आपको सुनने को मिल सकता है कि या तो रिश्तेदारियाँ निभा लो या नौकरी कर लो।

दोस्तो, छुट्टियों की ये कशमकश नौकरी का स्थायी भाव है। इसलिए कभी भी छुट्टी के लिए झूठ बोलते समय ग्लानि न पालें। भले ही भारत में साल में डेढ़ सौ छुट्टियाँ होती हों, मगर हमारी लड़ाई तो बाकी बचे दो सौ दिनों से है। जब तक दिलों में कामचोरी का जज्बा है, रगों में मक्कारी का लहू है और बहाने बनाने के लिए कल्पनाशक्ति का चकला मौजूद है, हमें झूठ बोलकर छुट्टियाँ लेते रहना है। हमारा मकसद दो वीकली ऑफ नहीं, दो वर्किंग डे है। हमें तो पाँच वीकली ऑफ चाहिए।

□

जान जाए, फैशन न जाए!

नारी शक्ति के अलग-अलग रूपों का जब भी जिक्र होता है तो हम यह चर्चा करना भूल जाते हैं कि कैसे युगों-युगों से भारतीय महिलाएँ सर्दियों के मौसम में बिना स्वेटर और शॉल के शादियाँ अटैंड करती आ रही हैं। मैरिज गार्डन के ओपन लॉन की सर्द हवा में जहाँ पाँच मिनट में ही मर्दों के दाँत आरिफ लोहार के चिमटे की तरह किटकिटाने लगते हैं, वहाँ ये वीर बालाएँ डेढ़ सौ रुपए एक्स्ट्रा देकर बनवाए ब्लाउज के डीप यू कट को दिखाने के लिए स्वेटर तक नहीं पहनतीं।

खुद मेहनती होने के कारण जानती हैं कि 2 घंटे लगाकर मेहँदीवाले लड़के ने बाँह पर जो बाँका-टेढ़ा बूटा बनाया है, सेल में खरीदी ढाई सौ की शॉल पहनकर मैं उसका बेड़ागर्क कैसे कर सकती हूँ। फिर भले ही जगत् बाऊजी आलोकनाथ वहाँ आकर उसके कंधे पर अपनी लोई क्यूँ न डाल दें, ये रिक्शे में बिठाकर उन्हें भी वहाँ से बस स्टैंड के लिए रवाना कर देंगी।

इन्हें जुकाम लगवाकर एक हफ्ते तक रजाई के कवर से अपनी नाक पोंछना मंजूर है, मगर ये मंजूर नहीं कि मम्मी का काला स्वेटर पहनकर उसके नीचे लहँगे की मैचिंग का बाजूबंद छिपा लें। कम वक्त में इस मासूम के सामने यूपीए सरकार से भी ज्यादा चुनौतियाँ रहती हैं।

चार घंटे के फंक्शन में इन्हें अपनी तीनों ड्रेसें पहननी होती हैं। हर नई ड्रेस पहनने से पहले ये भी कन्फर्म करना होता है कि पुरानीवाली सभी ने देखी या नहीं। फिर चेंज करने के बाद यहाँ-वहाँ मोरनी बन घूमकर ये भी काउंट करना पड़ता है कि मेरी अदाओं से घायल लोगों का आँकड़ा आखिर कहाँ तक पहुँचा?

चूँकि सजना-सँवरना दूसरों के लिए होता है और स्वेटर न पहनना बहादुरी का काम है, इसलिए मेरी गुजारिश है कि बाकी बहादुरों के साथ-साथ अगली 26 जनवरी से हर साल ऐसी वीरांगनाओं का भी सम्मान होना चाहिए। कैसा लगेगा जब

घोषणा होगी—पिंकी कुमारी, जिन्होंने अदम्य साहस, अटूट इच्छाशक्ति और अद्भुत पराक्रम का परिचय देते हुए भीषण शीतलहर के बीच इस सीजन सात शादियाँ बिना स्वेटर और शॉल के अटैंड कीं, ये सम्मान लेने के लिए हम मंच पर उनके पति को बुलाना चाहेंगे, क्योंकि वो खुद निमोनिया का शिकार होने के चलते अस्पताल में भरती हैं।

□

गैर विवादित रचना लिखने के कुछ टिप्स!

अब जब यह साफ हो गया है कि अभिव्यक्ति की स्वतंत्रता संविधान द्वारा निर्धारित न हो कट्टरपंथियों की मर्जी से तय होती है, तो लेखकों-कलाकारों की भलाई इसी में है कि वो उनकी पसंद-नापसंद का खयाल रखें और उसी के मुताबिक अपनी रचनाएँ लिखें। मेरी तरफ से यहाँ साथी लेखकों को कुछ टिप्स दिए जा रहे हैं जिनका पालन कर वो बिना विवाद में पड़े, अपनी रचनाएँ प्रकाशित करवा सकते हैं।

- रचना में किरदारों के जाति-धर्म के उल्लेख से पूरी तरह बचें। हीरो का नाम रमेश, मोहन, सोहन या सलमान, आमिर, शाहरुख की बजाए अलाना या फलाना रखें और विलेन है तो ढिमकाना, क्योंकि हीरो का नाम बता अगर आपने उसका धर्म जाहिर कर दिया तो बहुत संभव है कि आप पर किसी खास धर्म को महिमामंडित करने का आरोप लग जाए और कहीं विलेन का नाम बताने की गलती कर दी तो आपके इतने विलेन हो जाएँगे कि एक-एक का नाम याद रखना आपके लिए मुश्किल हो जाएगा। इसलिए फजीहत और रचना को अगर बचाना है, तो भूलकर भी नाम का इस्तेमाल न करें। वैसे भी शेक्सपियर ने कहा है, नाम में क्या रखा है।
- जाति और धर्म के उल्लेख के साथ-साथ प्रेम कहानी लिखने से भी बचें, क्योंकि प्रेम कहानी में ये लिखने से नहीं चलेगा कि अमुक गाँव के अलाना और अलानी के बीच प्रेम हुआ और उन्होंने शादी कर ली। इस पर तमाम तरह के सवाल पूछे जा सकते हैं। मसलन, अगर कहानी में ये

प्रसंग आया जहाँ लड़का लड़की को कॉल कर कहता है कि मुझे तुम्हारी याद आ रही है, तो सवाल उठेगा कि लड़के ने लड़की को लैंडलाइन पर कॉल किया या मोबाइल पर, क्योंकि मोबाइल की वजह से आजकल लड़कियाँ बिगड़ रही हैं।

अगर ये लिखा कि लड़के ने लड़की को तोहफा दिया तो पूछा जा सकता है कि कहीं जींस तो गिफ्ट नहीं दी? या बाहर घूमने पर चाऊमीन तो नहीं खिला दी? और सबसे बढ़कर बिना पूरा नाम बताए अगर एक ही गाँव के लड़के-लड़की की शादी करवा दी, तो बहुत से लोग कहानी के बीच में आकर खड़े हो जाएँगे और धमकाएँगे कि ये शादी हम तब तक नहीं होने देंगे, जब तक तुम ये नहीं बताते कि लड़के-लड़की का गोत्र क्या है।

- अब सवाल ये है कि अगर आपका हीरो प्यार नहीं कर रहा, तो या तो वो रोजमर्रा की आपाधापी में उलझा है या फिर किसी बड़े सामाजिक आंदोलन की बागडोर सँभाले है, मगर इसकी भी अपनी चुनौतियाँ हैं। मसलन, अगर आपने ये लिख दिया कि हीरो बेरोजगार है और भूखों मर रहा है, तो सरकार कह सकती है कि ये उसे बदनाम करने की साजिश है क्योंकि मनरेगा के तहत साल में दो सौ दिन का काम तो हर किसी को मिल रहा है।

  इस पर अगर आपने सरकार को खुश करने के लिए ये कह दिया कि वो तो विपक्षी पार्टी द्वारा शासित किसी राज्य में रहता है तो इस पर विपक्षी पार्टी कह सकती है कि अगर ऐसा है तो वो भूखा नहीं मर सकता, क्योंकि हमारे राज्य में तो पहले से ही तीन रुपए किलो चावल योजना चल रही है, उसे वैसे भी काम करने की जरूरत नहीं है।
- और कहीं आपने उसे किसी सामाजिक आंदोलन से जुड़ा बता दिया तो सरकार ये कहकर किताब पर प्रतिबंध लगा देगी कि आप लोकतंत्र को कमजोर करने की कोशिश कर रहे हैं।

खैर, इन तमाम सावधानियों के बावजूद अगर आप एक ऐसी कहानी लिख लें जिसमें हीरो का कोई और धर्म और जाति न हो, न वो प्रेम करता हो और न नफरत, न वो बेरोजगार हो और न क्रांतिकारी, तो इसकी एक-एक कॉपी देश के सभी धर्मगुरुओं, टैक्सी यूनियनों, कर्मचारी संघों, खेल प्राधिकरणों, आढ़तियों, नाइयों, मालियों, हम्मालों को भेजकर उनसे एनओसी ले सकते हैं और एक दफा

जब एनओसी मिल जाए तो उसे रचना की मूल कॉपी के साथ लगाकर प्रकाशक को छपने के लिए भेज सकते हैं। और इस पर भी अगर प्रकाशक आपकी रचना छाप दे तो मैं कहूँगा कि आप नाहक ही लेखक बन अपना वक्त बरबाद कर रहे हैं, आपको तो लास वेगास जाकर किसी कैसीनो में अपना भाग्य आजमाना चाहिए।

□

हिंदी व्यंग्यकारों से सबक लें

मौसमी बीमारियों की तरह इस देश में बहुत से मौसमी रोने भी हैं। मसलन, हर साल आनेवाली बाढ़ के बाद डिजास्टर मैनेजमेंट की बात की जाए, हर आतंकी हमले के बाद सुरक्षा एजेंसियों पर जानकारी न होने का इलजाम लगे, हर विदेशी दौरे में हार के बाद देश में तेज पिचें बनाने की जरूरत महसूस की जाए और हर रेल हादसे के बाद रेलों की जर्जर व्यवस्था के आधुनिकीकरण की माँग उठे।

मतलब जब कुछ किया जाना चाहिए तब सोए रहें और हादसा हो जाने पर छाती पीटें कि हाय! हमने ये कर लिया होता तो कितना अच्छा होता।

अब सवाल ये है कि किसी भी मसले को लेकर हम प्रो-ऐक्टिव क्यों नहीं रहते? आखिर लकीर पीटने को हमने अपना राष्ट्रीय चरित्र क्यों बना लिया है?

दोस्तो, मुझे लगता है इस मामले में हमें हिंदी लेखकों, और उनमें भी व्यंग्यकारों से सबक लेना चाहिए। इस देश का हिंदी व्यंग्यकार जितना प्रो-ऐक्टिव है, उतना अगर सरकार और बाकी संस्थाएँ भी हो जाएँ तो सारी समस्या हल हो जाए। मैं ऐसे-ऐसे लेखकों को जानता हूँ, जो मानसून आते ही डेंगू पर व्यंग्य लिख लेते हैं और कुछ अति उत्साही तो भेज भी देते हैं और फिर फोन कर संपादक को समझाते फिरते हैं कि किस तरह आप इसका इस्तेमाल सितंबर महीने के तीसरे हफ्ते में कर सकते हैं। क्या हुआ जो अभी जुलाई ही शुरू हुआ है।

अभी कल एक संपादक ऐसे ही एक इक्तीसमारखाँ लेखक के बारे में बता रहे थे, जिसने रिटेल में एफडीआई को लेकर उन्हें दो लेख भेज दिए और अलग से लिख भी दिया कि अगर बसपा समर्थन वापस ले ले और सरकार गिर जाए तो ये वाला लेख छाप सकते हैं और अगर समाजवादी पार्टी के समर्थन से सरकार बच जाए तो ये वाला। मैंने पूछा—लेकिन इसमें क्या दिक्कत है? संपादक बोले—दिक्कत…दिक्कत ये है कि लेख भले ही कितने ही घटिया हों, लेखक तो यही

मानकर चलता है कि दोनों ही छपने लायक हैं!

ये तो हुई बात संपादक की। फिर मैं एक ऐसे ही इक्तीसमारखाँ प्रो-ऐक्टिव लेखक से मिला। जब मैंने उनसे उनके इस नजरिए की वजह पूछी तो बोले—डियर, आज के दौर में सबकुछ इंस्टेंट कॉफी की तरह है। अब सरकार इंस्टेंट कार्रवाई करे-न-करे, एक लेखक के लिए जरूरी है कि वो इंस्टेंट रिएक्शन के लिए तैयार रहे। आपको हमेशा एंटिसिपेट करते रहना पड़ता है कि क्या हो सकता है।

लेखक की इस सोच से मैं काफी प्रभावित हुआ। मैंने कहा—अच्छा सर, अब जाने से पहले ये भी बता दीजिए कि हाल-फिलहाल आपने क्या लिखा है? हाल-फिलहाल तो मैंने टी-ट्वेंटी वर्ल्ड कप में भारतीय टीम की हार पर लिखा है (जो अभी अगले हफ्ते शुरू होना है)…फिर थोड़ा रुककर बोले, हैरान मत हो…जीत पर भी लिखा है।

□

जो दिल, करे वो खाओ!

पैंट और विचारधारा में मूलभूल फर्क लोचशीलता का होता है। विचारधारा हालात बदलने पर खुद को एडजस्ट कर लेती है, मगर पैंट की अपनी सीमा है। कुछ दिनों से कमर के हालात बदले हैं और पैंट ने उसे आगोश में लेने से इनकार कर दिया है। अब दो ही रास्ते मेरे सामने हैं। दरजी को बीस रुपए दे, पैंट की कमर चौंतीस से अड़तालीस करवा लूँ या जिम में पसीना बहा अपनी कमर चौंतीस कर लूँ। मैं दूसरा रास्ता चुनता हूँ। वैसे ये दूसरा रास्ता पहली बार नहीं चुना है। वजन घटाने और इनसान दिखने का लक्ष्य ले एक दर्जन बार जिम ज्वॉइन कर चुका हूँ। इतनी कोशिशों के बाद असफलता का डर जा चुका है, शर्मिंदगी का रसायन बनना भी बंद हो गया है। लिहाजा तय हुआ कि सोमवार से जिम जाऊँगा।

मन में भरपूर जोश है, मगर वार्डरोब में जिम लायक कपड़े नहीं। बीवी को समस्या बताता हूँ तो वो कुछ दिन पुराने कपड़ों के साथ जिम जाने की सलाह देती है। कहती है कि जिम जाने को इवेंट मत बनाओ। तीन दिन से ज्यादा आप जिम नहीं जाओगे; जिम के पैसे तो वेस्ट होंगे ही, नए कपड़ों को देख मेरा खून अलग खौलेगा। खून बीवी का है, मगर उसके खौलने का सीधा संबंध मेरी सेहत से है। वैसे भी मैं सेहत सुधारने के मिशन पर निकला हूँ, इसलिए सहमत हो जाता हूँ।

भइया कितने दिन लगेंगे—कमरे को कमरा बनाने से जुड़ी ये मेरी पहली जिज्ञासा है, जिसे मैं जिम इंस्ट्रक्टर के सामने रखता हूँ। हर रोज दो घंटे एक्सरसाइज करें। पराँठे, आइसक्रीम, पिज्जा-विज्जा सब छोड़ दें तो तीन महीने में आप पतले हो जाएँगे—जिम वाला जवाब देता है। और ये सब न छोड़ूँ और सिर्फ एक्सरसाइज करता रहूँ तो कब तक पतला हो सकता हूँ? तब तो आप सिर्फ स्टेटस मेंटेन रख सकते हैं। मैं समझ गया कि जिम जाने का तभी फायदा होगा, जब वो सब छोड़ दूँ, जो आज तक जीमता रहा हूँ।

दीवार पर आमिर का एट पैक्स एब्स का पोस्टर लगा है तो सामने आईने में मेरे एट पैक फ्लैब्सट दिखाई दे रहे हैं। मुझे भी जोश चढ़ता है। इसी जोश के साथ मैं मशीनों से भिड़ जाता हूँ। खुद को आर्मस्ट्राँग समझ कुछ देर साइकिलिंग करता हूँ, उसेन बोल्ट मान ट्रेड मिल पर दौड़ता हूँ। स्किपिंग करता हूँ, एब क्रंच करता हूँ।

सैर करते अब हफ्ता बीत चुका है। देशभर में फैले तमाम रिश्तेदार जान चुके हैं कि फलानांजी सैर पर जा रहे हैं। ऐसा नहीं कि ये बात अखबार में छपी है बल्कि मैंने ही फोन पर किसी-न-किसी बहाने चिपकाई है।

इस बीच ये जानने के लिए मैं जोश में इंचटेप उठाता हूँ कि आखिर कितना फर्क पड़ा है। मगर ये क्या? साढ़े चवालीस की साढ़े चवालीस। तमाम प्रपंचों के बावजूद तोंद टस से मस नहीं हुई। मैं भारी सदमे में हूँ। दिल करता है कि कमरा अंदर से बंद करके तकिया मुँह में लेकर रोऊँ, मगर ऐसा नहीं करूँगा। मैं स्ट्राँग आदमी हूँ और मेरी तोंद भी इसकी गवाही दे रही है।

तय रूटीन के मुताबिक रात को मेरे सामने दलिया पेश किया जाता है। मैं बीवी पर उखड़ता हूँ। ये क्या बकवास है? मेरी डाइटिंग ने तुम्हें कुछ न करने का बहाना दे दिया है। बीवी हैरान है—क्या हो गया है आपको? पूछती है—बॉस ने कुछ कहा क्या? मैं आपा खोता हूँ—तुम्हारा दिमाग खराब हो गया है, मैं दलिए की बात कर रहा हूँ, तुम बॉस को बीच में ला रही हो। पहले प्यार में धोखा खाए युवक की तरह अंदर-ही-अंदर घुटता हूँ, मगर किसी को कुछ बताता नहीं?

अगली सुबह फिर अलार्म बजता है। मगर मेरी टाँग में दर्द है, जिसके बारे में खुद टाँग को भी पता नहीं। आज मैं सैर पर नहीं जाता। अब ये टाँग ठीक नहीं होगी। धीरे-धीरे सैर बंद हो गई और नाश्ते से दूध-सेब गायब। दलिए पर तो दस दिन से पाबंदी है। अरसे बाद फिर से आलू के पराँठे का ऑर्डर दिया जाता है। पराँठा खा रहा हूँ और खाते-खाते नया खाद्य दर्शन दे डालता हूँ—स्साला। 60 साल परेहज कर तीन साल उम्र बढ़ाई भी तो क्या बढ़ाई! जो दिल करे, वो खाओ।

□

जब मेरा रिजल्ट आया था

परीक्षा परिणामों का सीजन चल रहा है। हर दिन हवा में उछलती लड़कियों की तसवीर अखबार में छपती है। नतीजों के ब्योरे होते हैं, टॉपर्स के इंटरव्यू। तमाम तरह के सवाल पूछे जाते हैं। सफलता कैसे मिली, आगे की तैयारी क्या है और वो इस मौके पर राष्ट्र के नाम क्या संदेश देना चाहेंगे, आदि-आदि। ये सब देख अकसर मैं फ्लैशबैक में चला जाता हूँ। याद आता है जब मेरा दसवीं का रिजल्ट आया था। अनिष्ट की आशंका में बदन के 'पिटाई प्रिय अंग' (पिताजी के प्रिय) फड़कने लगे थे। कान, शब्दकोश में न मिलनेवाले शब्दां के प्रति खुद को तैयार कर चुके थे। तैंतीस फीसदी अंकों की माँग के साथ तैंतीस करोड़ देवी-देवताओं को सवा रुपए की घूस दी जा चुकी थी और पड़ोसी, मेरे सार्वजनिक जुलूस की मंगल बेला का बेसब्री से इंतजार कर रहे थे।

वहीं फेल हो जाने का डर बुरी तरह से मेरे तन-मन में समाया हुआ था और उससे भी ज्यादा साथियों के पास हो जाने का। मैं नहीं चाहता था कि ये जिल्लत मुझे अकेले झेलनी पड़े। उनका साथ मैं किसी कीमत पर नहीं खोना चाहता था। उनके पास हो जाने की कीमत पर तो कतई नहीं। दोस्तों से अलग होने का डर तो था ही मगर उससे कहीं ज्यादा चिंता थी, उन लड़कियों से बिछड़ जाने की जिन्हें इंप्रैस करने में मैंने सैकड़ों 'पढ़ाई घंटों' का निवेश किया था। असंख्य पैंतरे और सैकड़ों फिल्मी तरकीबें आजमाने के बाद कुछ-एक संकेत भी देने लगी थीं कि वो पट सकती हैं! ये सोचकर ही मेरी रूह काँप रही थी कि फेल हो गया तो क्या होगा! मेरे भविष्य का नहीं, मेरे प्रेम का! या यूँ कहें कि मेरे प्रेम के भविष्य का!

कुल मिलाकर पिताजी के हाथों मेरी हड्डियाँ और प्रेमिका के हाथों दिल टूटने से बचाने की सारी जिम्मेदारी अब माध्यमिक शिक्षा बोर्ड पर आ गई थी। नतीजे की घड़ी नजदीक थी। और इस बीच वो आ भी गए। पिताजी ने तंज किया कि फोर्थ

डिविजन से ढूँढ़ना शुरू करो! गुस्सा पी मैंने थर्ड डिविजन से शुरुआत की। रोल नंबर नहीं मिला तो तय हो गया कि कोई अनहोनी नहीं होगी! पिताजी ने पूछा कि यहीं पिटोगे या गली में। इससे पहले कि मैं पसंद बताता, तभी फोन की घंटी बजी। दूसरी तरफ मित्र ने बताया कि मैं पास हो गया। मेरी खुशी का ठिकाना नहीं था। पिताजी भी खुश थे। आगे चलकर मेरा पास होना हमारे इलाके में बड़ी 'आध्यात्मिक घटना' माना गया। जो लोग ईश्वर में विश्वास नहीं करते थे, वो करने लगे और जो करते थे, मेरे पास होने के बाद उनका ईश्वर से विश्वास उठ गया!

□

समस्या की टेली प्रेजेंस

इनसानों की तरह समस्याएँ भी आजकल बेहद महत्त्वाकांक्षी हो गई हैं। कल ही एक समस्या मिली। कहने लगी कि इतनी भीषण होने के बावजूद मेरी कोई पूछ नहीं। कहीं कोई चर्चा नहीं। आत्मसंशय होने लगा है। सोचती हूँ कि मैं उतनी विकराल हूँ भी या नहीं? ऐसी लाइमलाइटविहीन जिंदगी से तो अच्छा है कि सुसाइड कर लूँ। मैंने टोका—इतनी नेगेटिव बातें मत करो। ये बताओ तुम हो कौन? समस्या क्या है? वो बोली—मेरा नाम पानी की समस्या है। कहने को तो मैं खुद समस्या हूँ, मगर मेरी समस्या अटैंशन की है।

मैंने पूछा—मगर तुम अटैंशन चाहती क्यों हो? वो तपाक से बोली—ऑबवियसली डिजर्व करती हूँ इसलिए! मैंने पानी को अपना शिकार बनाया है और देखो, अब वो हैंडपंप में आता नहीं। कुओं से गायब हो चुका है। नदियों में सिमट चुका है। जब कभी टैंकर में लद किसी मोहल्ले में पहुँचता है तो एक-एक बालटी के लिए तलवारें खिंच जाती हैं। क्या मेरा जन्म अखबारों के सिटी पन्नों में छप गुमनामी के अँधेरे में मर जाने के लिए हुआ है? मेरा भी अरमान है कि टीवी पर आऊँ। प्राइम टाइम में मुझ पर डिस्कशन हो। आखिर क्या कसूर है मेरा?

मैंने कहा—डियर, वजह बेहद सीधी है। जिस तरह अच्छा दिखने मात्र से कोई मॉडल नहीं बन जाता, मॉडल बनने के लिए चेहरे का फोटोजनिक होना जरूरी है, या हीरो बनने के लिए अच्छी स्क्रीन प्रेजेंस होनी जरूरी है। उसी तरह समस्या सिर्फ समस्या होने भर से परदे पर आने की हकदार नहीं हो जाती। उसमें नाटकीयता लाजमी है।

परदे पर आने का तुम्हारा चांस तब बनता है, जब कोई आदमी पानी की टंकी पर चढ़ जाए और कहे कि चौबीस घंटे के अंदर मेरे मोहल्ले में पानी नहीं आया तो मैं जान दे दूँगा। ऐसे में महापौर से पूछा जा सकता है कि लोग जान देने

पर उतारू हैं, और आप कुछ कर नहीं रहे? इस पर महापौर कहे कि जो आदमी टंकी पर चढ़ा है वो विपक्षी पार्टी का कार्यकर्ता है। और आप कैसे कह सकते हैं कि मैंने कुछ किया नहीं? जिस टंकी पर चढ़कर वो जान देने की धमकी दे रहा है वो मेरी ही बनवाई हुई है। और चाहें तो देख लें कि वो टंकी पूरी तरह फुल है। ऐसे में पानी की समस्या की बात सरासर झूठ है।

ऐसी सूरत में पानी की समस्या पर चर्चा हो सकती है। लेकिन ध्यान रहे कि कोई पानी की टंकी पर चढ़े तब, पेड़ पर नहीं। पेड़ पर चढ़ना विजुअली रिच नहीं है और खाली पानी की समस्या, उसकी तो कोई औकात ही नहीं है।

□

स्वाइन फ्लू का विदेशी मूल!

पिछले कुछ सालों में अनजान कारणों से इस देश ने नकल को प्रतिभा प्रदर्शन का सबसे कारगर औजार मान लिया। विदेशी भाषा, रहन-सहन, खान-पान, सिनेमा—हर मामले में यूरोप-अमेरिका की बखूबी नकल की। मगर क्या देख रहा हूँ कि तमाम विदेशी मुद्राओं को जीवन के परदे पर हूबहू उतारनेवाला देश अचानक एक विदेशी बीमारी के आगे नतमस्तक हो गया है। उससे तालमेल नहीं बिठा पा रहा। समझ नहीं पा रहा कि उससे कैसे निपटा जाए।

अखबार में इस बीमारी से बचने से जुड़ा एक विज्ञापन पढ़ा तो समझ में आया कि आखिर हम इससे क्यों नहीं निपट पा रहे। बीमारी से बचने के लिए जो उपाय बताए गए हैं, वो हो सकता है कि विश्व के बाकी हिस्सों में लोगों के लिए मानना आसान हो, मगर हमारे लिए नहीं हैं। मतलब, इस बीमारी का जो विदेशी मूल है, वही असली समस्या है। ऐसे कुछ उपाय जो मुझे समझ में आए, वो इस तरह हैं—

1. विज्ञापन कहता है कि खाँसने या छींकने से पहले मुँह के आगे हाथ या रूमाल रख लें। अब आप ही बताएँ ये कहाँ की औपचारिकता है? हम हिंदुस्तानी तो बरसों से छींक को रोमांच और उत्तेजना का विषय मानते रहे हैं। हम चाहते हैं कि जब हम छीकें तो आसपास खड़े पंद्रह-बीस लोगों को आवाज और बौछारों से इसका पता लग जाए। हमारे यहाँ तो लोग छींकने के लिए तरह-तरह के पदार्थों का इस्तेमाल करते रहे हैं। हमें कभी ये सिखाया ही नहीं गया कि एक अबोध, मासूम छींक को यों मुँह के आगे हाथ रख रोका जाए। रही बात रूमाल रखने की तो नाक के आगे रूमाल तो तब रखें, जब वो जेब में हो। रूमाल रखने की तो हमें आदत ही नहीं। खाना खाने के बाद हम हाथ पैंट की जेब में डाल

पोंछ लेते हैं और मुँह शर्ट की बाजू से। रूमाल की जरूरत ही कहाँ है?

2. विज्ञापन कहता है कि कोई भी बीमारी होने पर डॉक्टर के परामर्श पर दवाएँ लें। अब भला ये कैसे संभव है? अगर हम बीमार पड़ने पर सीधे डॉक्टर के पास चले जाएँ तो हमारी खुद की डॉक्टरी का क्या होगा। हर बीमारी पर हमें अपनी भी तो छाँटनी होती है। दूसरा, हमारे यहाँ आम मान्यता है कि डॉक्टर लूटते हैं। इसलिए जो काम एक रुपए की पैरासिटामोल से हो सकता है, उसके लिए डॉक्टर को डेढ़ सौ रुपए फीस क्यों दें? हमारी तो जब तक जान पर न बन आए, मामूली जुकाम निमोनिया न हो जाए, हलकी खाँसी टीबी न बन जाए, तब तक हम डॉक्टर के पास नहीं जाते। इसलिए ये उपाय भी बेकार है।
3. विज्ञापन हिदायत देता है कि सड़क पर न थूकें। जानते भी हो, क्या कह रहे हो? इस देश में आजादी का मतलब क्या है? अभिव्यक्ति की आजादी, धर्म की आजादी या कहीं भी आने-जाने की आजादी? नहीं, आजादी मतलब यहाँ-वहाँ थूकने की आजादी है। दरअसल, सिस्टम का शिकार आम आदमी जब परेशान हो जाता है तो वो सड़क को सिस्टम का मुँह समझ उस पर थूकता है। और तुम हो कि कहते हो कि सड़क पर मत थूको। ठीक है, नहीं थूकेंगे···पर जाओ पहले जाकर पूरा सिस्टम सुधार दो। सिस्टम सुधारना बड़ा काम है और सड़क पर थूकना मामूली अपराध। तुम बड़ा काम नहीं कर सकते तो कम-से-कम हमें मामूली अपराध तो करने दो।
4. और आखिर में विज्ञापन में कहा गया है कि किसी भी इनसान से हाथ मिलाने और गले मिलने से परहेज करें। अब इस बात से साफ साबित होता है कि ये वाकई एक विदेशी बीमारी है। अब अमेरिकी या यूरोपीय समाज में हो सकता है कि इनसान खुद के लिए ही खुद ही पर्याप्त हो मगर हमें तो भाई, दूसरों का ही सहारा है। उनसे स्नेह है। तुम कैसे कह सकते हो हम उनसे हाथ न मिलाएँ, गले न मिलें। प्यार के अलावा हमारे पास लेने-देने को है ही क्या? हमारी इसी भावुकता को देखते हुए शायर ने हमें सतर्क भी किया है—कोई हाथ भी न मिलाएगा जो गले मिलोगे तपाक से। ये नए मिजाज का शहर है जरा फासले से मिला करो। यकीन मानो, शायर को उस वक्त स्वाइन फ्लू का जरा भी इल्म नहीं था।

□

इतनी इज्जत बरदाश्त नहीं होगी

अगर आप सम्मान के लायक हैं और सम्मान पाते रहते हैं तो कुछ वक्त बाद इसकी लत पड़ जाती है। पैर, हर वक्त छूए जाने के लिए फड़फड़ाते रहते हैं। हाथ, आशीर्वाद देने के लिए मचलते हैं। कान के परदे, तारीफ के बूटों से सजने के लिए बेकरार होते हैं। शहर से बाहर जाते समय ऐसे लोग तारीफ के ऑडियो कैसेट साथ ले जाते हैं। तारीफ न होने पर इनके मुँह से झाग आने लगता है। तारीफ के नशेड़ियों को हर घंटे उसकी निश्चित डोज चाहिए ही होती है।

मगर वहीं समाज में एक तबका मुझ जैसों का भी है, जिनका कभी इज्जत से वास्ता नहीं पड़ता। इज्जतविहीन जीवन जीने की जिन्हें आदत सी पड़ जाती है। मगर पिछले दिनों कुछ ऐसा हुआ कि इज्जत न होने के बावजूद मैंने खुद को बेइज्जत महसूस किया। हुआ ये कि मुझे एक पोस्टकार्ड मिला, जिसका मजमून था—महोदय, आपकी साहित्य-कला सेवा पर आपको हिंदी भाषा आचार्य की वृहद् मानद उपाधि देने हेतु विषय विचाराधीन है। आपका परिचय, 2 रंगीन पासपोर्ट साइज चित्र, 2 रचना तथा 500 रुपए सहयोग शुल्क एमओ द्वारा भेजें। भवदीय···फलाना-ढिमकाना।

पहली बात जो पोस्टकार्ड पढ़ मेरे जहन में आई वो ये कि हिंदी भाषा आचार्य पुरस्कार की बात अगर मेरी दसवीं की हिंदी टीचर को पता लग जाए तो वो संस्था पर राष्ट्रभाषा के अपमान का केस कर दे। मेरी हिंदी की स्थिति तो ऐसी है कि शुरुआती रचनाएँ इस खेद के साथ वापस लौटा दी गईं कि हम केवल हिंदी में रचनाएँ छापते हैं!

दूसरा जो संस्था मेरी साहित्य-कला सेवा (ऐसा गुनाह जो मैंने किया नहीं) के लिए मुझे सम्मानित करना चाहती है, उसे मेरी दो रचनाएँ क्यों चाहिए! क्या हिंदी भाषा आचार्य की यही पात्रता है कि जिस किसी ने भी हिंदी में दो रचनाएँ

लिखी हैं, वो इसका हकदार है। इसके अलावा जो संस्था मुझे सम्मानित करने का दुस्साहस कर रही है आखिर वो पाँच सौ रुपए का सहयोग क्यों माँग रही है? किसी को व्हील चेयर का वादा कर आप उससे बैसाखियों के लिए उधार क्यों माँग रहे? मैं जानना चाहता हूँ कि तुम मुझे सहयोग (राशि) दो, मैं तुम्हें सम्मान दूँगा—ये नारा आखिर किस क्रांति के लिए दिया जा रहा है।

कहीं ऐसा तो नहीं कि जो कुछ और जैसा कुछ मैंने आज तक लिखा है, उससे उन्होंने यही निष्कर्ष निकाला कि इतना घटिया लिखने वाला आदमी ही सम्मान के झाँसे में पाँच सौ रुपए दे सकता है! सोचता हूँ कि मेरे लिखे से जिन्होंने मेरे चरित्र का अंदाजा लगाया, अगर वो आर्थिक स्थिति का भी लगा पाते तो कम-से-कम उनके पोस्टकार्ड के पैसे तो बचते।

□

भ्रष्टाचारियो, जरा प्रैक्टिकल हो जाओ!

जब भी आप ईमानदारी की बात करते हैं तो सयाने लोग ये कहकर आपको भ्रष्ट होने की सलाह देते हैं कि आदमी को व्यावहारिक होना चाहिए। मगर इधर मैं देख रहा हूँ कि व्यावहारिक होने की मजबूरी के चलते जो लोग भ्रष्ट हो जाते हैं, अपने भ्रष्टाचार में वो जरा भी व्यावहारिकता नहीं दिखाते। तभी तो भ्रष्टाचार करते-करते वो इस हद तक सीमाएँ लाँघ जाते हैं कि एक पल के लिए भी ये नहीं सोचते कि आखिर इतने पैसे का मैं करूँगा क्या?

जैसे हाल ही में मध्य प्रदेश के एक वन अधिकारी के यहाँ छापेमारी में 75 करोड़ की संपत्ति का खुलासा हुआ। छापेमारी में उनके यहाँ सोने-चाँदी के लाखों के जेवरात के अलावा पेट्रोल पंप, कई होटल, सैकड़ों बीघा कृषि भूमि, दसियों प्लॉट, फार्म हाउस, तीन मैरिज गार्डन, एक दर्जन बैंक लॉकर, आधा दर्जन मकान, दस लाख नकदी और बीस लाख की एफडी की रसीदें प्राप्त हुईं। और इससे पहले कि ये सब सुनकर आप हाय राम कहें, बता दूँ कि ये आँकड़ा तो सिर्फ पहले दिन की छापेमारी का है। जाँच अधिकारियों का कहना है कि उन्होंने घूस की कमाई से इतनी संपत्ति बनाई है कि उसकी जाँच में कई दिन लग सकते हैं।

अब मेरे इस हिसाब से अव्यावहारिक भ्रष्टाचार का यह सर्वोत्तम उदाहरण है। मसलन, ताजा-ताजा भ्रष्ट हुआ इनसान ये सोचकर दो पैसे बनाता है कि चलो, घर का खर्च अच्छे से निकल जाए। जब खर्च निकल जाता है तो उसे लगता है कि दो पैसे और बना एक घर खरीद लूँ। वो घर खरीदकर हटता है तभी उसकी नजर बड़े हो रहे अपने निकम्मे बड़े बेटे पर पड़ती है। वो ये सोचकर घबरा जाता है कि मेरे जाने के बाद इसका क्या होगा। दो पैसा और बना वो उसके लिए भी एक मकान बना लेता है। फिर बीवी याद दिलाती है कि बड़े का तो ठीक है, मगर छोटे ने क्या गुनाह किया है।

पत्नीव्रत भ्रष्ट अधिकारी बीवी के इस आग्रह पर छोटे के लिए भी घर बनाता है। फिर वो दोनों बेटों की होने वाली बीवियों का गोल्ड बनाता है और आदमी के हाथ में कुछ कैश भी होना चाहिए, इस मजबूरी को समझते हुए एकाध छिटपुट फ्रॉड और करके चालीस-पचास लाख कैश भी जोड़ लेता है।

अब अगर आप मुझसे पूछें तो कहूँगा कि बढ़ती महँगाई और बच्चों के प्रति जवाबदेही को देखते हुए आज के दौर में इतना भ्रष्टाचार जस्टिफाइड है। मगर जब मैं देखता हूँ कि आदमी ने भ्रष्टाचार की कमाई से तीन अलग-अलग शहरों में एक दर्जन मकान बना लिये, तो मुझे इस बात पर गुस्सा नहीं आता कि उसने इन मकानों के मुहूर्त पर मुझे बुलाया क्यों नहीं, बल्कि उसकी बुद्धि पर तरस आता है। मैं सोचता हूँ कि जब आपके पास पहले से इतनी दौलत है तो फिर अलग से आठ-नौ मकान और बनाने की जरूरत क्या थी? क्या इतने मकान खरीदकर किराए पर चढ़ाने हैं? और सत्तर-अस्सी लाख के मकान पर अगर आठ दस हजार किराया मिल भी गया, तो ये कहाँ की अक्लमंदी है। दस हजार रुपए तो अगर आप जोर से छींक दें तो आपके नथुनों से निकल सकते हैं, इसके लिए लाखों का फ्रॉड करने की जरूरत क्या थी।

इसके अलावा जब घर में पहले से बीस-पच्चीस तोले सोना है तो अलग-अलग लॉकरों में सोने के बिस्किट खरीदकर रखने की जरूरत क्या है। इन बिस्किटों को क्या रिटायरमेंट के बाद चाय में डुबोकर खाना है।

इसके अलावा भी इन भ्रष्टाचारों में कई अव्यावहारिक चीजें देखने को मिलती हैं। मुझे लगता है कि वक्त आ गया है कि फाइनेंशियल एडवाइजर की तर्ज पर करप्शन एडवाइजर भी होने चाहिए, जो इन अधिकारियों को समझाएँ कि बढ़ती महँगाई दर को देखते हुए उन्हें आनेवाले तीन-चार सौ सालों और आठ-दस पीढ़ियों के लिए कितने पैसे चाहिए होंगे। और एक बार जब अधिकारी वो टारगेट अचीव कर ले तो एडवाइजर उन्हें सलाह दे कि सर, अब बस कीजिए। और फ्रॉड किया तो उसका कोई फायदा नहीं होगा, आप खुद को रिस्क में डालेंगे। वैसे भी किसी सयाने ने कहा है कि कब शुरू करना चाहिए, इससे कहीं ज्यादा महत्त्वपूर्ण है यह जानना कि हमें कब रुक जाना चाहिए।

□

जितनी तारीफ की जाए, ज्यादा है!

तारीफ के मामले में हम हिंदुस्तानी इनकमिंग में यकीन करते हैं और आउटगोइंग से परहेज। वजह, हम जानते हैं कि तारीफ कर देने का मतलब है सामने वाले को मान्यता देना और ऐसा हम कतई नहीं होने देंगे। हम चाहते हैं कि वो भी उतने ही संशय में जिएँ, जितने में हम जी रहे हैं।

अगर किसी दिन हमारा कोई कलीग ब्रांडेड शर्ट पहनकर आया है और वो उम्मीद कर रहा है कि हम शर्ट की तारीफ करें तो हमें नहीं करनी है। जैलसी का पहला नियम ही ये है कि सामने वाला जो चाहता है, उसे मत दो! वो तारीफ सुनना चाहता है, आप मत करो। अगर वो तंग आकर खुद ही बताने लगे कि मैंने कल शाम फलाँ शोरूम से अपने बुआ के लड़के के साथ जाकर ये शर्ट खरीदी थी तो भी हमें उसके झाँसे में नहीं आना। इसके बाद भी अगर वो बेशर्म हो पूछ ही ले कि बताओ न कैसी लग रही है? फिर भी आपके पास दो ऑप्शंस हैं।

पहला ये कि चेहरे पर काँइयाँपन ला मुसकरा दें, अब ये उसकी सिरदर्दी है कि इसका मतलब निकाले। दूसरा ये कि अगर आपकी अंतरात्मा अब भी जिंदा है और वो आपको धिक्कारने लगी है कि तारीफ कर, तारीफ कर···तो 'ठीक है' कहकर छुटकारा पा लें। लेकिन ध्यान रहे···भूलकर भी आपके मुँह से 'बढ़िया', 'शानदार' या 'डैशिंग' जैसा कोई शब्द फूटने न पाए।

'दुनिया देख चुके' टाइप एक सीनियर ने मुझे बताया कि हमें तो अपनी प्रेमिकाओं तक की तारीफ नहीं करनी चाहिए। अगर वो ज्यादा इनसिस्ट करें तो कह दो, डियर, तारीफ उस खुदा की, जिसने तुम्हें बनाया या फिर तुम्हारी तारीफ के लिए 'मेरे पास शब्द नहीं हैं'। मतलब ये कि या तो आप ऊपरवाले को क्रेडिट दे दें या फिर 'सीमित शब्दावली' का बहाना बना अपनी जान छुड़ा लें, लेकिन तारीफ मत करें। वजह, एक बार अगर इमोशनल होकर आपने प्रेमिका की तारीफ

कर दी, तो वो बीवी बनने के बाद भी उन बातों को सच मानकर याद रखेगी। आप शादी के बाद झूठ बोलने का मोमेंटम बनाकर नहीं रख पाएँगे और फिर वो सारी उम्र आपको 'बदल' जाने के ताने देगी।

यहाँ तक तो ठीक है। मैंने सीनियर से पूछा—मगर सर, हमारी भी तो इच्छा होती है कि कुछ अच्छा करें तो तारीफ हो। फिर? सीनियर तपाक से बोले—बाकी चीजों की तरह तारीफ के मामले में भी आत्मनिर्भर बनो! घटिया लेखक होने के बावजूद तुम्हें लगता है कि तुम्हारी किसी रचना की तारीफ होनी चाहिए और आसपास के लोगों में इतनी अक्ल नहीं तो खुद ही उसकी तारीफ करो! वैसे भी हर रचना समाज के अनुभवों से निकलती है, उसमें समाज का उतना ही बड़ा योगदान होता है, जितना लेखक का। ऐसे में उस रचना की तारीफ कर तुम अपनी तारीफ नहीं कर रहे, बल्कि समाज का ही शुक्रिया अदा कर रहे हो!

□

वो सुबह कभी नहीं आएगी

पिछले दिनों इंटरनेट पर अमिताभ बच्चन का एक पुराना रेडियो इंटरव्यू सुना। इंटरव्यू में उनकी फिल्मों, शोहरत, पसंद-नापसंद के अलावा उनके पिता हरिवंश राय बच्चन की भी चर्चा हुई। पिता के बारे में पूछे जाने पर अमिताभ का कहना था कि बाबूजी सुबह चार बजे उठते थे। फिर सैर पर जाते, हलका-फुल्का नाश्ता करते और पढ़ते-लिखते। इसके बाद दो-चार सवाल और हुए और बातचीत खत्म हो गई। एक-आध मेल चेक कर, मैं भी बाकी कामों में मसरूफ हो गया, मगर एक बात मेरे जेहन में कौंधती रही, बाबूजी सुबह चार बजे उठते थे। मैं सोचने लगा कि अमिताभ बच्चन कितने गर्व से बता गए कि बाबूजी सुबह चार बजे उठते थे। ईश्वर ने अगर मेरी तकदीर में भी मशहूर होना लिखा है और मेरे बच्चों को भी मुझसे जुड़ा ऐसा कुछ बताना पड़ा तो क्या बताएँगे वो मासूम···बाबूजी आखिर कितने बजे उठते थे! मेरे होने वाले बच्चों के बाबूजी यानी मैं तो कभी ग्यारह बजे से पहले उठा ही नहीं। और जिस तेजी से वक्त और ग्लोबल वॉर्मिंग बढ़ रही है, हो सकता है कि जब तक उनके इंटरव्यू की बारी आए तब तक ग्यारह बजे का समय, सुबह के बजाए दोपहर में शामिल होने लगे। ये सोचकर ही मेरी रूह काँप उठती है कि ऐसा हुआ तो बच्चों को मेरी वजह से कितना शर्मिंदा होना पड़ेगा। बीवी को मैंने तकलीफ बताई तो उसने कहा कि बेफिक्र हो जाओ, कुछ और साल ग्यारह बजे तक सोते रहे तो ऐसी नौबत ही नहीं आएगी! मतलब न आप मशहूर होंगे और न ही बच्चों को शर्मिंदा होना पड़ेगा।

बीवी ने ये कोई पहली बार तंज नहीं किया और न ही वो कोई पहली है जिसने तंज किया हो। शादी से पहले माँ-बाप ने भी कई बार समझाया कि बेटा जल्दी उठा करो। जल्दी उठने के कई फायदे भी बताए। फायदों से तो मैं सहमत था, मगर जल्दी उठने से नहीं। दरअसल अविश्वास मेरे चरित्र में कभी रहा ही

नहीं। बचपन में किताबों में पढ़ा, जानकारों ने भी बताया और इतने गुणी लोग जब एक ही बात कह रहे हैं तो क्या जरूरत है उनकी ईमानदारी और अक्ल पर संदेह करूँ। अगर सब कहते हैं कि सूर्य पूर्व से उगता है और पश्चिम में अस्त होता है, तो ठीक ही कहते होंगे। क्रॉस चैकिंग की जरूरत क्या है?

और मैं पूछता हूँ कि सुबह उठने के अपने फायदे हैं तो क्या देर तक सोने का अपना मजा नहीं और अगर आनंद ही अंतिम लक्ष्य है तो विवाद किस बात का? तुम जल्दी उठकर आनंद उठाओ, मैं देर तक सोकर उठाता हूँ। तुम सूरज उगने से पहले उठो, मैं सूरज डूबने से पहले उठता हूँ। तुम मुरगे की बाँग सुनकर उठो, मैं वादा करता हूँ कि सोने से पहले बाँग देने के लिए उस मुरगे को जरूर उठा दूँगा।

मित्रो, मैं आह्वान करता हूँ कि इतना सोओ कि सो-सोकर थक जाओ और उस थकावट को मिटाने के लिए फिर सो जाओ। सोना खोना नहीं है, सोना ही तो असली सोना है। इसलिए इतना सोओ कि लोग तुम्हें सोने की खदान कहने लगें। वक्त आ गया है कि ज्यादा सोने वाले एक अलग मंच बना लें। नुक्कड़ नाटकों के जरिए लोगों को सोने के फायदे समझाएँ। उन्हें बताएँ कि जो जग गया है वो कुछ करेगा और कर्म ही इक्कीसवीं सदी का सबसे बड़ा संकट है। दुनिया का इतना कबाड़ा न करनेवालों ने नहीं किया, जितना करनेवालों ने किया है। इसलिए घंटा-दो घंटा फालतू सोने से अगर दुनिया बरबाद होने से बचती है तो हर्ज क्या है?

उलटे दुनिया को ऐसे लोगों को धन्यवाद देना चाहिए जो देर तक सोते हैं। अगर ये लोग भी रातो-रात सुधरने की ठान लें तो सुबह उठने की जिस आदत पर तुम इतराते फिरते हो, उसकी मार्केट वैल्यू क्या रह जाएगी? प्रिय, अच्छाई के मामले में अल्पसंख्यक होना ही बेहतर है। बुद्धिजीवियों की कद्र अपनी काबिलियत की वजह से नहीं, समाज में मूर्खों की अधिकता के कारण है। जो बुद्धिजीवी मूर्खों को गाली देते नहीं थकते, उन्हें तो उनके चरण धोकर पीने चाहिए। चरण धुलवाने की मेरी कोई ख्वाहिश नहीं। न ही मैं ये चाहता हूँ कि तुम किसी तरह का दूषित जल पी प्राण त्यागो। भगवान् के लिए मुझे बस सोने दो। रही बेटे के जवाब की चिंता, तो बीवी ठीक ही कहती है कि यूँ ही सोता रहा तो उसकी नौबत ही नहीं आएगी!

□

लोमड़ी की संवेदनशीलता

एंकर बता रही है कि भागती-दौड़ती और तनाव भरी जिंदगी में अगर हँसने-हँसाने के दो पल मिल जाएँ तो क्या कहने! आपके इसी तनाव और थकान को दूर करने के लिए आइए देखते हैं, कॉमेडी का कॉकटेल। मतलब हमारा धंधा तो खबर दिखाना है मगर आपकी तकलीफ दूर करने के लिए हम 'आउट ऑफ द वे' जाकर आपको हँसाएँगे। वाह! इसे कहते हैं 'लोमड़ी की संवेदनशीलता'। ऐसा संवेदनशील इनसान दुनियाभर का बोझ उठाने को तैयार रहता है। वो किसी को कुछ नहीं करने देता। पड़ोसी खाना खाकर भी उठता है तो ये आवाज लगा कहता है, भाईसाहब रुको, झूठी प्लेट सिंक में मैं रख देता हूँ। मकसद पड़ोसी की मदद करना नहीं, इसी बहाने उसके घर जाकर उसकी बीवी पर लाइन मारना है।

इसमें दो राय नहीं कि तनाव भरी जिंदगी में हँसने की जरूरत होती है। मगर पहले उस तनाव के दर्शन तो कराओ। क्या जीवन का तनाव ये है कि राखी सावंत के शादी के प्रस्ताव का बाबा रामदेव ने अब तक कोई जवाब नहीं दिया? गणेश जी की मूर्ति फुलक्रीम दूध तो पी रही है मगर डबल टोंड नहीं या फिर बॉबी डार्लिंग पुल्लिंग है या स्त्रीलिंग? कम-से-कम चैनल की खिड़की से दुनिया का जो तनाव दिखता है, वो तो यही है।

मैं सोचता हूँ फूहड़ हो जाने के लिए 'आपका तनाव' कितनी खूबसूरत दलील है। आप जो कूड़ा चैनल पर देख रहे हैं वो इसलिए क्योंकि आप तनाव में हैं। और ये कूड़ा देखकर अगर आप और तनाव में आ गए हैं तो हम कहेंगे कि आप गलत जगह राहत ढूँढ़ रहे हैं। टीवी बंद कर दीजिए। अक्लमंदों के लिए यहाँ कोई आरक्षण नहीं है।

आप इंतजार कीजिए। कुछ वक्त बाद ऐसा भी होगा। रात दस बजे चैनल 'जनहित में धुँधली' कर एक नीली फिल्म दिखाएगा। बिना एडिटिंग के घंटे भर

फिल्म चलेगी। फिर एंकर कहेगा, देखो क्या हो गया है हमारे बच्चों को? क्या-कुछ चल रहा है समाज में? खैर, गिरते नैतिक मूल्यों और इस सामाजिक पतन पर बात करने के लिए हमारे साथ स्टूडियो में मौजूद हैं।

आने वाले दिनों में अगर आप ये सब भी टीवी पर देखें, तो चैनल को दोष न दें। उसकी संवेदनशीलता को समझें। आखिर बात तो वो समस्या पर ही कर रहा है। ये तो टीवी की मजबूरी है कि बिना दृश्य के यहाँ बात स्थापित नहीं होती। इसलिए 'मजबूरी' में थोड़ा-बहुत दिखाना पड़ता है। मगर उनका इरादा तो नेक है। प्लीज, अब ये मत कहिए कि समस्या तो फूहड़ हो जाने की दलील है और मजबूरी की कोई भी दलील कितनी भी सक्षम क्यों न हो, वो वेश्वावृत्ति की इजाजत नहीं देती।

□

चुनावी समर का अंतिम विज्ञापन!

चुनाव नतीजे आने को हैं। ये देखते हुए कि इस बार भी किसी गठबंधन को बहुमत नहीं मिलेगा, एक बड़ी राष्ट्रीय पार्टी ने तय किया कि चुनावी नतीजों के बाद खुद किसी से संपर्क करने के बजाय वो इस आशय का एक विज्ञापन अखबारों में छपवाएगी। विज्ञापन प्रकाशित तो चुनाव नतीजों के बाद होना है, मगर इसकी एक कॉपी पहले ही मेरे हाथ लग गई है। आप भी जानिए, क्या कहता है ये विज्ञापन—

विज्ञापन का शीर्षक है—'बुला रही है भारत माँ'। आगे की भाषा ज्यों-की-त्यों यहाँ दी जा रही है। हम, देश सेवा पार्टी, जो पिछले कई सालों से देश सेवा के धंधे में हैं, ये बताने में अत्यंत हर्ष महसूस कर रहे हैं कि पार्टी के आला नेताओं ने फिर से पाँच साल के लिए देश सेवा का ठेका लेने का मन बनाया है। इसके लिए हमें दिल्ली हैड ऑफिस में डेढ़ सौ से दो सौ सांसदों की जरूरत है। किसी भी पार्टी और विचारधारा से जुड़े सांसद बेझिझक अप्लाई कर सकते हैं।

भर्ती के मानदंडों को लेकर हम काफी उदार हैं। न तो अतीत में हमें दी गालियों पर हम आपसे जवाब माँगेंगे और न ही ये पूछ शर्मिंदा करेंगे कि पिछले पाँच साल में आपने पंद्रह पार्टियाँ क्यों बदलीं। हमें सिर्फ आपका समर्थन चाहिए। हमसे जुड़ने से पूर्व आपका राजनीतिक जीवन हमारी नजर में आपका निजी जीवन है और पेशेवर पार्टी होने के नाते हमें आपके निजी जीवन से कोई सरोकार नहीं है।

आपका सांसद बनना अपने आप में ही आपकी काबिलियत का प्रमाण है और देश सेवा पार्टी ये बात अच्छे से समझती है कि हर काबिल आदमी को उसकी कीमत मिलनी चाहिए। इस मामले में आप बेफिक्र रहें, जो शख्स अपना अमूल्य समर्थन दे हमें देश सेवा का मौका दे रहा है, उसकी कोई भी माँग हमारे लिए नाजायज नहीं होगी। वैसे भी दस-बीस करोड़ रुपए या एक-आध कैबिनेट पद

राजनीतिक स्थिरता के सामने कोई मायने नहीं रखता। पेमेंट को लेकर हमारा पिछला रिकॉर्ड भी शानदार रहा है। जरूरत पड़ने पर जिन-जिन लोगों ने आज तक अपनी पार्टी को दगा दे, हमें समर्थन दिया है, हमने उन सभी को शानदार पेमेंट किया है। आप चाहें तो हमारी कस्टमर केयर यूनिट से नंबर ले ऐसे लोगों से बात कर सकते हैं। हमारे यहाँ अलग से एक फाइनेंस सेल भी है, जो बाकायदा आपको बताएगी कि समर्थन के एवज में मिले दो नंबर के पैसे को कैसे एडजस्ट किया जाए।

समर्थन की कीमत पर राजनीतिक प्रतिस्पर्धियों को निपटाने के भी सारे विकल्प हमारे यहाँ खुले हैं। अगर आपको लगता है कि फलाँ राज्य के मुख्यमंत्री को बरखास्त कर वहाँ फिर से चुनाव करवाए जाएँ तो हम धारा 356 पर भी विचार कर सकते हैं। सत्ता में आने पर हमारे पास सीबीआई भी होगी। आप जिसके खिलाफ जैसी कहेंगे, वैसी जाँच बिठवा देंगे। खुद आपके खिलाफ चल रहे सत्रह हजार मामलों में आपको सत्रह दिनों में क्लीन चिट दिलवा देंगे।

इसके अलावा हमारे यहाँ ज्वॉइन टू, गैट वन फ्री का ऑफर भी है। अगर आप दो और सांसदों का समर्थन दिलाते हैं तो उन दोनों को दी जानेवाली रकम का पचास फीसदी आपको कमीशन के रूप में मिलेगा। ऐसी ज्वॉइनिंग करवाने पर आपसे अलग से कोई बॉण्ड भी नहीं भरवाया जाएगा। मतलब आपका भर्ती करवाया सांसद अगर कहीं और चला जाता है तो आपको लेबर कोर्ट नहीं घसीटा जाएगा।

इस मौके पर हम गठबंधन के पूर्व साथियों और ऐसे बागियों से अपील करना चाहेंगे, जो इस बार चुनाव जीतकर आए हैं कि पुराने गिले-शिकवे भुलाकर हमारे साथ आ जाएँ। आप हमें भी घटिया मानते हैं और हमारे विरोधियों को भी। नए सिरे से नए घटिया लोगों से जुड़ने से अच्छा है आप हमसे जुड़ें। कम-से-कम हमारे घटियापन का आपको अनुभव तो है। उनके साथ जुड़कर पछताने से अच्छा है आप हमारे साथ जुड़कर पछताएँ। इसी बहाने ये भ्रम भी बना रहेगा कि उनके साथ गए होते तो अच्छा रहता। एक मीठे भ्रम के सहारे जीवन बिता देने से बेहतर भला और क्या हो सकता है? कम उम्र में ये जान लेना कि सब मिथ्या है, जीना दुश्वार कर देता है। मित्र, जीवन को आसान बनाओ और हमारे साथ आओ। नीचे नंबर दिया गया है, फोन कर लेना और अगर खुद बात करने में शर्म आए तो मिस्ड कॉल कर देना, हमारा लड़का पलटकर फोन कर लेगा।

□

लेखक और बीवी!

कोई भी लेखक दस–बीस फीसदी प्रतिभा और सत्तर–अस्सी फीसदी गलतफहमी के दम पर ही लेखक बनता है। ये अहसास और जबरन खुद पर थोपी गई ये जिम्मेदारी कि मेरा जन्म कुछ महान् करने के लिए हुआ है, लेखक को हमेशा रोजमर्रा के छोटे–मोटे काम करने से रोकते हैं। वो मानता है कि बड़े लोग हमेशा अपने काम की वजह से जाने जाते हैं, न कि इसलिए कि वो नहाने के बाद तौलिया रस्सी पर डालते हैं या नहीं, या फिर बचपन में मोहल्ले की दुकान से कभी किराना लाए या नहीं।

यहाँ तक तो सब ठीक है। मगर दिक्कत तब आती है जब यही लेखक शादी कर बैठता है। वो कंचनबाला जो इस लेखक की क्रिएटिविटी के गुण गाते नहीं थकती थी, उसे क्या पता था कि रचनात्मकता हमेशा पैकेज डील में आती है। जो शख्स उसे दुनिया का सबसे होनहार और अक्लमंद इनसान लगता था, शादी के महज तीन महीने में ही वो उसे एलियन लगने लगता है। हर पल वो यही सोचती है कि कोई इनसान इतना गंदा कैसे रह सकता है! इतने चलताऊ रवैये के साथ कैसे जी सकता है! और यहीं से···जी हाँ दोस्तो, ठीक यहीं से वो प्रक्रिया शुरू होती है जो सालों से रास्ता भटकी लेखक की अक्ल को ठिकाने लाने का काम करती है।

आप अगले लेख के लिए विषय तलाश रहे हैं और बीवी रसोई से आवाज लगाती है, ''जरा इधर आना, लाइटर नहीं मिल रहा।'' आप लेखन से क्रांति की अलख जगाना चाहते हैं, वो लाइटर से चूल्हा जलाना चाहती है। आप सोच रहे हैं कि समाज में अपराध के मामले बढ़ते जा रहे हैं। वो बताती है कि पेस्ट कंट्रोल करवा लेते हैं। अलमारियों में कीड़े–मकोड़े बढ़ते जा रहे हैं। आप दिल को छू ले, ऐसा भाव तलाश रहे हैं···वो फिक्रमंद है कि सब्जी के भाव फिर बढ़ गए हैं!

आप दस दिन तक बीवी की डाँट खाने के बाद पिछले कमरे का पंखा ठीक करवाते हैं। पता चलता है कि अगले दिन उसी कमरे की ट्यूब खराब हो गई। ट्यूब ठीक भी नहीं हुई थी कि दो दिन बाद बाथरूम में सीलन आ जाती है। बिग बाजार चलो, महीने का राशन लाना है। इस संडे को मुझे चाँदनी चौक वाली बुआ से मिलवा लाओ। अगली छुट्टी पर मौसी के बेटे सोनू को घर बुला लेते हैं। एक ही शहर में रहता है। आज तक कभी बुलाया नहीं।

इस सबके बावजूद समीक्षक ताना कसते हैं कि लेखक अपना बेहतरीन शुरू के सालों में ही देता है। बाद में तो सब खुद को ही रिपीट करते हैं। बनियान का विज्ञापन ठीक कहता है—लाइफ में हो आराम तो आइडियाज आते हैं। आराम हो तब न।

□

काश! मैं भाव न खाती

एक जमाना था, जब उसकी गिनती कॉलेज की सबसे हसीन लड़कियों में होती थी। उसकी एक-एक अदा के एक-एक हजार दीवाने थे। कोई उसकी स्माइल पर फिदा था तो कोई स्टाइल पर। कोई उसकी आँखों पर जान देता था तो कोई बालों पर। किसी ने उस पर रौब जमाने के लिए बाप से बाइक दिलाने के लिए झगड़ा किया तो किसी ने औकात से बाहर जाकर नए कपड़े सिलवाए। इस उम्मीद में कि शायद अच्छे कपड़ों से उनकी गंदी शक्ल की भरपाई हो जाए।

मगर वो रूपवती तो अपनी ही धुन में सवार थी। हर दिन चार-पाँच लड़के उसे प्रपोज करते और वो उन्हें मिमोह चक्रवर्ती की फिल्म समझ नकार देती। डेढ़-दो सौ लड़कों के प्रेम की इस परीक्षा में फेल होने के बाद पूरे कॉलेज में बात फैल गई कि यहाँ टाइम वेस्ट करने का फायदा नहीं। औसत दिखनेवाले लड़कों ने तो पहले ही कभी खुद को कॉम्पिटिशन में नहीं माना था, अब तो तथाकथित हैंडसम भी मैदान छोड़ने लगे थे।

इसी तरह के नाज-नखरों में उसने अपने कॉलेज के तीन साल गुजार दिए। पढ़ाई में उसका उतना ही इंटरेस्ट था, जितना सरकारी बैंकों में जमा पैसे पर मिलता है, यानी बहुत कम! अलबत्ता ग्रेजुएट होते ही उसने पढ़ाई छोड़ दी। इधर पढ़ाई छूटी और उधर घरवालों ने एक बड़े बिजनेसमैन से उसकी शादी कर दी। लड़के का जितना बड़ा बिजनेस था, उससे कहीं ज्यादा बड़ी उसकी तोंद थी।

जानकारों के मुताबिक ऐसी हर चीज जिसमें जिंदगी बसती है, उसमें उस लड़के की कोई दिलचस्पी नहीं थी। न उसे घूमने का शौक था, न फिल्मों का। न उसे म्यूजिक पसंद था, न किताबें और अगर उसे कोई किताब पसंद थी तो वो थी बहीखाता, जिसमें वो अपने धंधे का हिसाब लिखता था।

वक्त के साथ-साथ पति की तोंद बढ़ती गई और उसी अनुपात में हमारी

रूपवती की अपने पति में दिलचस्पी घटती गई। इसी कोफ्त में एक दिन उसने अपना फेसबुक अकाउंट बनाया।

हद दर्जे की ढपोल होने के बावजूद वो कुछ ही दिन में फेसबुक से वाकिफ हो गई। और फिर एक दिन आया वो लम्हा···सास कीर्तन पर गई थी, पति तोंद के साथ दुकान पर, कामवाली काम कर और फर्श पर पड़े चिल्लर उठा जा चुकी थी और दूधवाले के आने में अभी टाइम था···वो फेसबुक के सर्च ऑप्शन में गई और उसने टाइप किया...Rohit Sharma...जी हाँ, यह वही लड़का था, जिसे मना करने का उसे बाद में अफसोस हुआ था।

आज वो एक अच्छी कंपनी में काम कर रहा था, छह महीने पहले शादी कर विदेश में हनीमून मनाकर आया था। हनीमून की तसवीरों में वो अपनी बीवी के साथ बहुत खुश नजर आ रहा था। हर तसवीर के नीचे उसने मजेदार कैप्शन लिख रखे थे। कुछ में शायरी भी कर रखी थी। वो उसकी क्रिएटिविटी से काफी इंप्रेस हुई। खुश और मुसकराती तसवीरें देखकर वो भी मुसकराने लगी। मगर इसी मुसकराहट के बीच अचानक वो नरगिस फाकरी जैसे अजीबो-गरीब एक्स्प्रेशन देने लगी। न उससे हँसते बन रहा था, न रोते···न जाने क्यों···किस वजह से···उसे रोहित की एवरेज सी दिखनेवाली बीवी से जैलसी होने लगी। वो सोचने लगी कि ये लड़की तो मेरे आगे कहीं नहीं ठहरती। अगर मैंने रोहित को 'हाँ' कह दिया होता तो ये इससे कभी शादी नहीं करता।

फ्रस्ट्रेटिड आदमी का खाली दिमाग कुछ ज्यादा ही कल्पनाएँ करने लगता है। वो भी करने लगी। अगर इन फोटोग्राफ्स में इस लड़की की जगह मैं होती तो कितने फख्र से इसे अपने प्रोफाइल पर शेयर करती, ढेर सारे लाइक आते, अच्छे-अच्छे कॉमेंट मिलते। हम नई-नई जगहों पर जाते। ढेर सारी फोटो खिंचवाते। वो कल्पनाएँ करती जा रही थी और खुश थी। तभी घंटी बजी, उसने दरवाजा खोला। सामने दूधवाला था। दूध लिया, वापस आई, लैपटॉप गोद में रख दार्शनिक की तरह कुछ देर पंखे की ओर ताका और फिर फेसबुक पर अपना पहला स्टेटस लिखा—काश! मैं इतने भाव न खाती। # confession

: 2 :

फेसबुक पर स्टेटस लिख ये स्वीकारने के बाद कि हाँ, मैंने भाव खाने के चक्कर में अच्छे लड़के गँवाए, रूपवती फिर से रोहित के प्रोफाइल पर गई और उसके फोटोग्राफ्स देखने लगी। हर अगले फोटोग्राफ के साथ वो उसकी ओर

आकर्षित होने लगी। वो जानती थी कि अब कुछ नहीं हो सकता। बहुत देर हो चुकी है…फिर भी उससे बात करने के खयाल भर से वो एक्साइटिड होने लगी और इसी एक्साइटमेंट में उसने 'Add Friend' पर कर्सर ले जा क्लिक कर दिया।

एक घंटा बीता, दो घंटे बीते, तीन…चार…पाँच…घंटे पर घंटे बीतते गए, मगर घंटा कुछ नहीं हुआ। आखिरकार इंतजार करते-करते रूपवती सो गई।

अगली सुबह उठी तो उसने देखा कि किसी रोहित नाम के लड़के ने उसे मेल किया है।

पाठकों की सुविधा के लिए हम वो मेल ज्यों-का-त्यों यहाँ पेश कर रहे हैं—

प्रिय रूपवती,

आज फेसबुक पर लॉग इन किया तो सबसे पहले तुम्हारी फ्रेंड रिक्वेस्ट दिखी। फोटोशॉप में एडिट अपनी प्रोफाइल पिक्चर में तुम आज भी उतनी ही खूबसूरत लग रही हो, जितनी कॉलेज के दिनों में लगा करती थी। तुम बिलकुल नहीं बदली। सिर्फ हालात बदल गए हैं। तब मैं तुमसे दोस्ती करना चाहता था और आज तुम मुझसे दोस्ती करना चाहती हो। मगर सवाल है, आज क्यों? तब क्यों नहीं, जब मैं तुम्हारे लिए इतना तड़पता था।

मुझे अच्छी तरह याद है कि एक तो ब्वॉयज स्कूल से पढ़ा होने के कारण मेरी लड़कियों से बात करने की हिम्मत नहीं होती थी, ऊपर से तुम इतने एटीट्यूड में रहती थी कि तुम्हें देख मेरी घिग्घी बँध जाती थी। मैं मन-ही-मन तुम्हें चाहता था, मगर कभी कुछ कह नहीं पाया।

स्कूल में था तो किताबों के पीछे तीरवाला दिल बनाकर तुम्हारा नाम लिखा। दोस्तों में तुम्हें 'तुम्हारी भाभी' कहा। उस टीचर से ही ट्यूशन पढ़ी, जिससे तुम पढ़ती थी, इस उम्मीद में कि चलो एक घंटा और साथ रहने का मौका मिलेगा। मगर कोई फायदा नहीं हुआ। मैं तुम्हें अपने मन के भाव बताना चाहता था, मगर तुमने मुझे कभी भाव नहीं दिया।

अपने इन्हीं भावों को बताने के लिए एक रोज 'प्रेम-पत्रों के प्रेमचंद' टाइप एक लड़के से मैंने लैटर लिखवाया। सोचा, आज दूँ, कल दूँ, स्कूल में दूँ या बाहर दूँ। डायरेक्ट दूँ या तुम्हारी सहेली के उस भाई से कुरियर करवाऊँ, जिससे इसी काम के लिए मैंने दोस्ती गाँठी थी, मगर मेरे दसियों बार रोकने के बावजूद तुम कभी नहीं रुकी। बटुए में पड़े-पड़े खत की स्याही फैल गई। पता जानने के बावजूद उसकी डिलीवरी नहीं हो पाई। खत पर्स में ही पड़ा रहा और मैं तुम्हें

चाहने की खता पर अड़ा रहा।

इस बीच स्कूल खत्म हुआ तो कॉलेज जाने का वक्त आया। माँ–बाप चाहते थे कि मैं कलेक्टर बनूँ, मगर तुम्हारे चक्कर में मैंने होम साइंस में एडमिशन ले लिया। घरवाले मेरे लिए कुशल गृहिणी ढूँढ़ना चाहते थे और सिलाई–कढ़ाई के कोर्स में दाखिला ले मैं खुद कुशल गृहिणी बनने की राह पर निकल पड़ा था।

इस बीच दोस्तों ने कहा कि रिश्ते की हालत सुधारना चाहते हो तो पहले अपना हुलिया सुधारो। दरजी से पैंटें सिलवाना बंद करो, रेडीमेड लाओ। मैं अपनी औकात भूल, उनकी बात मानने लगा। बरबादी के जिस सफर पर मैं निकल पड़ा था, उस राह में अब हाइवे आ चुका था। धीरे–धीरे मैं गाड़ी को पाँचवें गियर में डाल रहा था। और इसी क्रम में एक दिन गाड़ी के लिए मैंने अपने बाप से झगड़ा कर लिया। एड में देखा था कि डेढ़ सौ सीसी की बाइक वाले पर लड़कियाँ फिदा हो जाती हैं।

मुझे लगा गाड़ी के इंजन से लड़कियों के पिकअप का कोई कनेक्शन होता होगा, मगर पापा नहीं माने। उन्होंने कहा कि बाइक की क्या जरूरत है? 623 कॉलेज के आगे उतारती है। इस खयाल से ही मैं भन्ना गया था। सोचा, अगर तुमने मुझे बस से उतरते देख लिया तो मेरे वर्तमान से अपने भविष्य का क्या अंदाजा लगाओगी।

मैं जिद करने लगा, मगर पापा नहीं माने। मैं इस महान् नतीजे पर पहुँचा कि मेरी सैटिंग न होने की असली वजह मेरा बाप है और ऐसा कर वो खुद को बाप साबित भी कर रहा है।

मगर हाय री मेरी किस्मत! तुम्हारे लिए अपने बाप को मैं पाप मान बैठा था, मगर तुम्हें मेरे प्यार की अब भी कोई परवाह नहीं थी।

इन्हीं नाज–नखरों में तुमने कॉलेज के भी तीन साल गुजार दिए। मेरा पेशंस जवाब देने लगा था और मेरे पैरेंट्स मुझे पहले ही जवाब दे चुके थे। और फिर आया वो दिन, जब मैंने तुम्हें आखिर बार देखा। फाइनल इयर के रिजल्ट के बाद तुम कॉलेज आई थी। तुमने हाथ में अँगूठी पहन रखी थी। मैंने सोचा, कॅरियर की बेहतरी के लिए शायद तुमने पुखराज पहना है, मगर एक बात मेरी समझ से परे थी कि अगर पुखराज ही पहना था तो तुम्हारी सहेलियाँ तुम्हें बधाई क्यों दे रही थीं!

माजरा समझते मुझे देर न लगी। मेरे पाँवों के नीचे से जमीन निकल गई। मैं मुँह में रूमाल ठूँस ब्लैक ऐंड व्हाइट फिल्मों की हीरोइन की तरह रोता हुआ वहाँ से चला गया। उस रात मैंने खाना नहीं खाया, मगर अगली सुबह कसम खाई कि

अब तुम्हें भूल जाऊँगा।

मुझे बताते हुए बेहद अफसोस हो रहा है रूपवती कि मैं आज भी अपनी उस कसम पर कायम हूँ, इसलिए तुम्हारी फ्रेंड रिक्वेस्ट एक्सेप्ट नहीं कर सकता।

आखिर में यही कहना चाहता हूँ कि मैं अपनी एवरेज सी दिखनेवाली बीवी के साथ खुश हूँ और चाहता हूँ कि तुम भी साइज में मोर दैन एवरेज अपने पति के साथ खुश रहो।

तुम्हारा (हो न सका)

रोहित

□

जैक फॉस्टर, तुमने मुझे मरवा दिया

जो लोग हिंदी लेखकों से शिकायत करते हैं कि वो उन्हीं घिसे-पिटे पाँच-छह विषयों पर कलम चलाते हैं, ट्रैवल नहीं करते, दुनिया नहीं देखते, उन्हें समझना चाहिए कि किसी भी तरह की मोबिलिटी पैसा माँगती है और जिस लेखक की सारी जिंदगी दूसरों से पैसा माँगकर गुजर रही हो, वो मोबाइल होना तो दूर, एक सस्ता मोबाइल रखना तक अफोर्ड नहीं कर सकता।

ये लेख चूँकि फ्रेंच से हिंदी में अनुवाद नहीं है, लिहाजा ये स्वीकारने में मुझे भी कोई शर्म नहीं कि हिंदी लेखक होने के नाते ये सारी सीमाएँ मेरी भी हैं। मगर इस बीच मेरे हाथ अमेरिकी एडगुरु जैक फॉस्टर की किताब 'हाऊ टू गैट आइडियाज' लगी, जिसमें उन्होंने बताया कि लेखक को रूटीन में फँसकर नहीं रहना चाहिए। लॉस एंजलिस के साथी लेखक का जिक्र करते हुए उन्होंने बताया कि कैसे नौ साल की नौकरी के दौरान कुछ नया देखने के लिए वो रोज नए रास्ते से ऑफिस जाता था।

ये पढ़ मैं भी जोश में आ गया। पूछने पर ऑफिस में किसी ने बताया कि कचरेवाले पहाड़ की बगल में जो मुरगा मंडी है, उस रास्ते से चाहो तो आ सकते हो। अगले दिन मैं उस सड़क पर था। कुछ ही चला था कि अचानक बड़े-बड़े गड्ढे आ गए। गाड़ी हिचकोले खाने लगी। कुछ गड्ढे तो इतने बड़े थे कि भ्रम हो रहा था कि यहाँ कोई उल्का पिंड तो नहीं गिरा। इससे पहले कि मैं कुछ समझ पाता गाड़ी उछलकर ऐसे ही एक छुपे रुस्तम गड्ढे से जा टकराई। जोरदार आवाज हुई।

ऑफिस पहुँचने से पहले गाड़ी गरम होकर बंद हो गई। मैकेनिक ने बताया कि गड्ढे में लगने से इसका रेडिएटर और सपोर्ट सिस्टम टूट गया है। इंश्योरेंस के बावजूद आपका दस-बारह हजार खर्चा आएगा! ये सुनते ही गाड़ी के साथ मैं भी

धुआँ छोड़ने लगा। दस हजार रुपए! मतलब अखबार में छपे 18–20 लेख। मतलब अखबार की छह महीने की कमाई और बीस नए आइडियाज! जबकि मैं तो वहाँ सिर्फ एक नए आइडिया की तलाश में गया था।

हे भगवान्! रेंज बढ़ाने के चक्कर में, मैं रूट बदलने के चक्कर में आखिर क्यों पड़ा। रचनात्मकता साहस जरूर माँगती है, मगर एक आइडिया के लिए दस हजार का नुकसान उठाने का साहस, हिंदी लेखक में नहीं है। शायद मैं ही बहक गया था। जैक फॉस्टर, तुमने मुझे मरवा दिया!

□

लौट के फिर न आनेवाले

नाम—खाऊमल पचाऊलाल, कद—पाँच फीट पौने पाँच इंच, मुँह—काला, दाँत—काले, कान पर हलके बाल, माथे पर चाकू का निशान, चेहरे पर होशियारी मिश्रित स्थायी मुसकान! ये जनाब पिछले ढाई साल से चुनाव जीतने के बाद से गायब हैं। आखिरी बार टीवी पर लोकसभा की काररवाई के दौरान एक मंत्री की पिछली सीट पर ऊँघते पाए गए थे। उसके बाद से इनका कोई पता नहीं।

इलाके के लोगों ने इन्हें ढूँढ़ने की हरसंभव कोशिश की। बस अड्डे, रेलवे स्टेशन पर पोस्टर चिपकाए। थाने में गुमशुदगी की रिपोर्ट लिखवाई। गूगल में सर्च मारा, मगर कोई फायदा नहीं हुआ।

फिर किसी ने सुझाव दिया कि अखबार में इनके नाम अपील की जाए। बात सबको जँची। 'जो बोला वो फँसा' के भारतीय सिद्धांत के चलते अपील का टेक्स्ट लिखने का जिम्मा सुझावदाता को ही दिया गया। इसके बाद खुले खत के रूप में जो अपील अखबारों में छपी, वो इस तरह थी, मुलाहिजा फरमाएँ—

सांसद साहब,

ऐसा तो नहीं कहूँगा कि आपके भागने की हमें उम्मीद नहीं थी। मगर बेवफाई के सारे रिकॉर्ड आप इतनी जल्दी तोड़ देंगे, ये हमने नहीं सोचा था। मुझे आज भी याद है 3 मई, 2004 की वो गरम दोपहर, जब भीड़ भरी सभा में आपने दावा किया था कि बस एक बार, केवल एक बार मुझे चुन लें, मैं आपके इलाके का नक्शा बदल दूँगा। मगर सारा शहर गवाह है, इन चार सालों में सिवाय आपके मकान के नक्शे के, पूरे शहर में कुछ नहीं बदला। पहले वो एक मंजिला था अब तीन मंजिला हो गया।

सड़कों के लिए आपने कहा था कि उन्हें फिल्मी हीरोइन के गालों की तरह

चिकना बना देंगे (इस फूहड़ तुलना पर तब खूब तालियाँ भी बजी थीं) लेकिन यकीन मानिए ये अब भी वैसी ही हैं जैसी बाबा आदम के जमाने में रही होंगी। 18 घंटे बिजली का भी आप वायदा कर गए थे। लेकिन शायद विद्युत् विभाग को बताना भूल गए कि 18 घंटे देनी है या काटनी!

पानी का भी कुछ ऐसा ही हाल है। वो नालियों में तो खूब है, लेकिन टंकियों में कम। शहर में जब भी किसी का नहाने का दिल करता है तो वो शर्म से पानी-पानी हो जाता है और सोचता है कि नहा लिया।

खैर! हमने आपको ये सोचकर चुना था कि जब अपराधी ही सत्ता सँभालेंगे तो अपराध कौन करेगा। कुछ लोगों ने दलील भी दी कि स्कूलों में इस तर्क के चलते शरारती बच्चों को मॉनिटर बनाया जाता है। लेकिन हम भूल गए कि स्कूल की पाठशाला और राजनीति की पाठशाला में क्या फर्क है? आप निश्चिंत रहें, आज आप भले ही यहाँ नहीं हैं, लेकिन आपके गुर्गे आपका अपराधखाना उसी दक्षता से सँभाले हैं, जिस दक्षता से संगीत घरानों में बेटे, बाप से ली दीक्षा को आत्मसात् कर उसे दुनिया तक पहुँचाते हैं!

और अंत में आपसे पैर जोड़कर गुजारिश है कि आप कहीं भी हों, कुछ दिनों के लिए यहाँ जरूर आएँ, हमारी धमनियों से रक्त निकलकर आपके होंठ छूने को बेकरार है। आखिर हर वोटर को अपने नेता से इतनी उम्मीद तो रहती है कि वो चुने जाने के बाद मुसलसल उसका खून चूसता रहे।

शेष कुशल।

दर्शनेच्छु

आपका भावी वोटर!

□

रोडवेज की किस बस से आ रही है बारिश?

बारिश का इंतजार बीजेपी के झगड़ों की तरह लगातार बढ़ रहा था। मौसम विभाग की उलटी-सीधी भविष्यवाणियाँ सुन, कान टपकने की हद तक पक चुके थे। बादल, मुँह दिखाई की रस्म निभा विदा ले रहे थे और सब्र का बाँध, बजट पूर्व की उम्मीदों की तरह टूटने के कगार पर था। तभी मैंने तय किया कि क्यों न सीधे भगवान् इंद्र से शिकायत करूँ। इसी बाबत मैंने उन्हें इ-मेल किया। गौर फरमाएँ—

प्रभुवर,

सादर प्रणाम!

तय नहीं कर पा रहा हूँ, गुस्सा करूँ या गुजारिश। आधा जुलाई बीत चुका है, मगर नेताओं के जमीर की तरह बारिश का अब भी कोई पता नहीं। हफ्ता पहले सुना था, मानसून आने को है। चार दिन पहले सुना, बस! आ गया और दो रोज पहले कहा गया कि बस! आ ही गया। बताओ प्रभु, उसे रोडवेज की किस बस में बिठा आए हो, जो वो अब तक नहीं पहुँचा?

बादल न जाने हमसे किस जन्म का बदला ले रहे हैं? क्यों हमें मुँह चिढ़ा रहे हैं? होता ये है कि अकसर घने बादल गरजने लगते हैं। एक-आध बूँद टपक भी जाती है। बाहर सूखते कपड़े अंदर कुरसियों पर डाल दिए जाते हैं। बीवी पकौड़ों की तैयारी में तेल गरम करने लगती है। बेसन लाने का आदेश पा पति किराना दुकानों का रुख करते हैं। आलू या प्याज के पकौड़ों के लिए बच्चे टॉस करते हैं और ऐसे समय जब कायनात का पत्ता-पत्ता, बूटा-बूटा बारिश के लिए

तैयार होता है, इलाके के सारे मोर बारिश से पहले की फाइनल डांस रिहर्सल को भी अंजाम दे चुके होते हैं, बादलों की झीनी चादर फाड़ सूरज सबके सामने नुमाया हो जाता है। बेसन लेने गए पति का घर पहुँचते-पहुँचते तेल निकल जाता है। कड़ाही में खौलता तेल धरा-का-धरा रह जाता है। बारिश में नहाने की उम्मीद बाँधा आदमी, पसीने से नहा घर लौटता है।

बताओ प्रभु, ये कहाँ का न्याय है? या तो बारिश दो या फिर मेरे खत का जवाब।

वर्षाभिलाषी···

इसके बाद कुछ दिन और बीते। बारिश तो नहीं आई, भगवान् इंद्र का जवाब जरूर आया। आप भी पढ़िए—

वत्स,

तुम्हारा मेल मिला। तुमने बताया कि किस तरह बारिश न होने से बुरा हाल है। चारों तरफ हाहाकार मचा है। जन-जन बारिश के लिए तरस रहा है। मगर तुम ही बताओ, मैं क्या करूँ? जिन इलाकों में बारिश की है, वहाँ के हालात देख सहम गया हूँ। कहीं दस मिनट बारिश हुई और दस घंटे के लिए बिजली चली गई। सड़क पर मौजूद मामूली खड्डे, चार दायी छह के गड्ढों में तब्दील हो गए। खुले गटर राहगीरों के लिए जल समाधि बन गए। चार मिलीमीटर की बारिश में दस-दस किलोमीटर के ट्रैफिक जाम लग गए।

न जाने कितनी निचली बस्तियों में पानी भर गया। कितने ही लोग तेज धाराओं में बह गए। ऊपर से न तो तुम्हारी सरकार के पास जल नीति है और न ही डिजास्टर मैनेजमेंट। उसे सुरक्षा परिषद् में स्थायी सीट की तो चिंता है, मगर बारिश में डूबते शख्स की सुरक्षा की कोई चिंता नहीं। तुम्हारे कृषि मंत्री कहते हैं कि देश में अनाज रखने की जगह नहीं है। सोचो, ऐसे में मेघ बरस गए तो क्या होगा? गरीबों की हालत मेघनाद की ताकत से घायल लक्ष्मण सरीखी हो जाएगी और आज की सरकारों में तो ऐसा कोई हनुमान भी नहीं जो उनके लिए संजीवनी ला सके।

यही सब सोच और देख मैं सिहर गया हूँ। तय नहीं कर पा रहा क्या करूँ? तुम्हें मौसमी बारिश दूँ या बारिश न दे मुसीबतों की बारिश से बचाऊँ!

इति अलम्!

तुम्हारा इंद्र

□

रिश्ते भी अगर ब्रांडेड हो जाएँ

टूथपेस्ट के विज्ञापन अमूमन बताते हैं कि ये कीटाणुओं से आपके दाँतों की रक्षा करता है, मसूड़े मजबूत बनाता है, साँसों में ताजगी बनाए रखता है और तमाम तरह की पैकिंग और साइज में उपलब्ध है। मगर पिछले दिनों टूथपेस्ट का जो विज्ञापन मैंने देखा, वो बताता है कि इसमें नमक है! सुभानल्लाह!!! टूथपेस्ट खरीदते वक्त आप भी सोचते हैं कि ताजगी और सफाई तो सभी देते हैं, अगर बीस रुपए में नमक भी मिल रहा है तो बुराई क्या है?

आज जबकि एक आदमी की दूसरे से उम्मीद घटती जा रही है, बाजार से लगातार उसकी उम्मीदें बढ़ती जा रही हैं। टूथपेस्ट में तो वो नमक चाहता है, पर बेटे से उम्मीद नहीं कि घर लौटकर पूछ ले कि पिताजी आज दिन कैसा रहा? रिश्तों से रिटर्न नहीं मिल रहा है, यही वजह है कि उनमें इनवेस्टमेंट भी कम हो गई है!

ऐसे में बड़ी कंपनियाँ अपनी गुडविल का फायदा उठाते हुए रिश्ते बेचना भी शुरू कर दें। चमाटा कंपनी को चाहिए कि वो एक लाख की कार के बाद, पचास हजार का पति भी ले आए। टीवी पर पति का विज्ञापन आ रहा है। मॉडल कह रहा है, मैं चमाटा कंपनी का सस्ता, सुंदर और मूर्ख पति हूँ। मेरी सबसे बड़ी खासियत यही है कि मैं मूर्ख हूँ। मेरे पास अपना दिमाग नहीं। जैसा मुझे कहा जाएगा, मैं वैसा ही करूँगा। मेरी दूसरी खासियत है कि मैं सुंदर हूँ। 'बेवकूफ' और 'हैंडसम' पति का ऐसा 'डैडली कॉम्बिनेशन' आपको किसी और कंपनी में नहीं मिलेगा। मार्केट में जब साथ चलूँगा तो आपका ईगो सैटिस्फाई करूँगा। मैं पंद्रह सौ रुपए मासिक की आसान किश्तों में 'मनी बैक गारंटी' के साथ उपलब्ध हूँ। पसंद न आने पर डाउन पेमेंट वापस, और किश्तें बंद!

मेरी आँखों के सामने सीन क्रिएट हो रहा है। महिला पति को काउंटर पर

पटकते हुए दुकानदार को डाँटती है—कैसे पति बेचते हैं आप? दुकानदार घबराता है—क्या हुआ मैडम? होना क्या है, कितनी आवाज करता है ये! दुकानदार घबराता हुआ—मैडम रसीद दिखाएँ। रसीद देखते हुए—सॉरी मैडम! वैलिडिटी तो निकल गई, पीस तो चेंज नहीं कर सकते। महिला—फिर क्या कर सकते हैं···दुकानदार थोड़ा रुकते हुए—आप कहें तो इनमें साइलेंसर लगा दें! महिला उछलते हुए—हाँ, ये बढ़िया रहेगा, लगा दो!

सच रिश्तों की आज जो हालत है उनका बाजार भाव तब ही सुधर सकता है, जब बड़ी कंपनियाँ उन्हें बेचने लगें और वो ब्रांडेड हो जाएँ! हुँडई हसबैंड, वोडाफोन वाइफ, टाइटन आंटी और कोडैक अंकल! वाह! कितनी ब्रांडेड फैमिली होगी!

□

मंदी में नौकरी बचाने के उपाय

मंदी में सभी को अपनी नौकरी जाने का खतरा सता रहा है। हर वक्त यही बात जेहन में घूमती रहती है कि नौकरी न रही तो क्या होगा? मकान की पंद्रह साल की किश्त बाकी है। गाड़ी भी सालभर पहले ही खरीदी है। पानी, बिजली से लेकर मोबाइल के दसियों बिल भी हैं। ऊपर से सेविंग के नाम पर भी सिर्फ सेविंग अकांउट है और कुछ नहीं। बीवी मैट्रो समाचार भी पढ़ती है तो लगता है मैट्रिमोनियल में खुद के लिए रिश्ता ढूँढ़ रही है। मोबाइल पर बजी हर घंटी एचआर से आया कॉल लगती है। लगता है बॉस के केबिन से निकले पीए की आवारा निगाहें मुझे ही ढूँढ़ रही हैं। हर किसी के मन-मस्तिष्क, गुर्दे-घुटने में नौकरी जाने का डर बुरी तरह समा चुका है।

लोग अभी से सतर्क हो गए हैं। टूथपेस्ट खरीदते वक्त भी दुकानदार को हिदायत देते हैं कि भइया छोटा पैकेट देना। वो छोटा दिखाता है और आप कहते हैं इससे छोटा नहीं है क्या? वो खुंदक में तीन लोगों के सामने कह देता है, इससे छोटा नहीं आता। अकेले में ऑफिस में बैठे पैन का ढक्कन चबाते हुए यही बात आपके कान में इको कर रही है। इससे छोटा नहीं आता। आप ढक्कन चबा रहे हैं और खयालों में ढक्कन की जगह दुकानदार की गरदन आ गई है। स्साला बदतमीज। ऐसे में सवाल यही है कि खुद के ढक्कन समझे जाने और ढक्कन चबाने के अलावा क्या आपके पास कोई रास्ता नहीं है। मेरा मानना है कि अपने रवैए में तब्दीली लाकर हममें से हर कोई अपनी नौकरी बचा सकता है। कुछ जरूरी उपाय जो आप कल से ही ऑफिस में ट्राई कर सकते हैं—

1. अनुशासित कर्मचारी की पहली निशानी है कि वो वक्त पर ऑफिस पहुँचे। अब आपको करना ये है कि पियॉन से पहले ऑफिस पहुँच जाएँ। बॉस से शिकायत करें कि पियॉन देर से आता है। मुझे ऑफिस में

जरूरी काम करना होता है। लिहाजा मेन गेट की चाभी मुझे दिलवा दें। कल से मैं ही ऑफिस का गेट खोल दिया करूँगा। बॉस कहे कि बिना डस्टिंग के आप बैठेंगे कैसे? तो फौरन कहिए, सर, उसकी चिंता मत करें। मैं खुद झाड़ू लगा दिया करूँगा। वैसे भी कोई काम छोटा नहीं होता। ऐसा कहकर आप बॉस को ये आइडिया भी दे सकते हैं कि पियॉन को अगर निकाल भी दिया जाए तो ये आदमी कम-से-कम झाड़ू तो लगा ही देगा। इस तरह ऑफिस को आपका 'अन्य इस्तेमाल' भी समझ में आ जाएगा, जबकि इतने सालों की नौकरी में कंपनी को आपका 'किसी भी तरह का इस्तेमाल' समझ नहीं आया था।

2. काम से ज्यादा जरूरी होता है काम करते प्रतीत होना। ऑफिस में आप भले ही तिनका न तोड़ें, लेकिन लगे ऐसे कि अगर आप एक भी दिन दफ्तर न आएँ तो पूरी इमारत भरभराकर गिर पड़ेगी। ऑफिस के पूरे वातावरण में आप ही आप हों। किसी भी तरह की फालतू की फाइल हाथ में ले दिनभर यहाँ-वहाँ दौड़िए। अरे सर ये···अरे सर वो···करते यहाँ-वहाँ बेमतलब घूमिए। हर वक्त टेंशन में दिखें। जल्दबाजी दिखाएँ। दो मिनट से ज्यादा अपनी सीट पर न बैठें। पास जाने के बजाय किसी को दूर से पुकारें। इससे जबरदस्ती का हल्ला होगा। चार लोग आपकी आवाज सुनेंगे। छोटे से छोटा काम कर बॉस को बताएँ। सर वो मैंने कर दिया था। ऐसा करने से आप बेहद सक्रिय दिखाई देंगे। बॉस से ज्यादा बात करते प्रतीत होंगे। कुछ लोग आपसे खौफ भी खाने लगेंगे। इस तरह धीरे-धीरे आपकी झाँकी जमने लगेगी।

3. दोस्तो, कार्यक्षेत्र में छवि का विशेष महत्त्व होता है। मगर जान लें कि आपकी छवि का इस बात से कोई सरोकार नहीं होता कि आप ऑफिस में कैसा काम करते हैं। आपकी छवि बिलकुल अलग कारणों से बनती है। जैसे भूल कर भी किसी से शास्त्रार्थ न करें। आपके ज्ञान की किसी को कोई जरूरत नहीं है। कभी ये बताने की कोशिश न करें कि मैं इतना जानता हूँ। समझदार और जानकार लोगों को कोई पसंद नहीं करता। हर कोई अपने से मूर्ख के साथ रहकर खुश होता है। वो उनमें कभी हीनता का बोध पैदा नहीं करते। ये सोचने को मजूबर नहीं करते कि प्यारे इस दुनिया में ऐसा बहुत कुछ है, जो अभी भी तुम्हें नहीं पता। इसके अलावा अच्छी छवि के लिए बेहद जरूरी है कि हर किसी से प्यार से बात करें।

बदतमीज से बदतमीज आदमी के नाम के आगे 'जी' लगाएँ। बोलें तो लगे कि जलेबियाँ तल रहे हैं। जुबान में इतनी मिठास हो कि डायबिटिक लोग आपको देख रास्ता बदल लें। हर शब्द में इतना रस घोलें कि आपके बोलते ही मक्खियाँ वैसे ही भिनभिनाने लगें, जैसे गन्ने के जूस की मशीन के पास भिनभिनाती हैं। ध्यान रहे कि जरूरी नहीं है कि बदतमीज के मुँह पर भी उसे बदतमीज कहा जाए। पीठ पीछे भी कहा जा सकता है।

4. हर कंपनी ऐसे कर्मचारी को पसंद करती है, जो ऑफिस के हित की सोचे। इसलिए हर समय ऐसे विचारों पर काम करें, जिनसे ऑफिस का भला हो सके। बॉस को कहिए—सर सुबह-शाम की चाय बंद कर दीजिए। इससे भारी बचत होगी। लोग परेशान न हों इसके लिए मैं ऑफिस आते समय केतली भर चाय साथ ले आऊँगा। मेरे साले की फैन की फैक्ट्री है। सस्ते फैन भी दिलवा दूँगा। बॉस कहेगा, मगर रोज-रोज तुम क्यों लाओगे? इतने में बाकी साथी नंबर बनाने कूद पड़ेंगे। तय होगा कि हर बंदा हफ्ते में एक दिन चाय लाएगा। मगर आप सोच रहे हैं कि बीवी एक बार कहने पर मेरे लिए चाय नहीं बनाती तो पूरे ऑफिस के लिए क्यों बनाएगी! ऐसा है तो उसे समझाइए कि मासिक आय आती रहे इसलिए जरूरी है कि तुम साप्ताहिक चाय बनाती रहो। उम्मीद है आपकी ये बात तो वो मान ही जाएगी।

□

कोई तो बताए कि पंखा चलाना है या नहीं?

आम आदमी को रत्ती भर परवाह नहीं कि साठ साल पहले नेहरू और पटेल फेसबुक पर फ्रेंड थे या नहीं? उसे फिक्र नहीं कि साढ़े चार करोड़ किलोमीटर की यात्रा पर निकले मंगलयान का रास्ते में पेट्रोल खत्म हो गया तो वो कहाँ से भरवाएगा? न ये सोचकर उसका खून सूखा जा रहा है कि रिवर्स रेपो रेट में चौथाई फीसद की बढ़ोतरी होने पर पड़ोसी झंडुलाल की वॉशिंग मशीन की किस्तों में कितना फर्क आएगा?

दिन भर की उठा-पटक, कूद-फाँद, धूल-धक्कड़ और रोने-स्यापों के बाद पीठ बिस्तर पर लगा, जैसे ही वो छत की तरफ देखता है तो एक ही सवाल उसके सामने होता है कि पंखा चलाऊँ या नहीं? निएंडरथल (मानव की एक विलुप्त प्रजाति का नाम) मानव के जमाने से अक्तूबर खत्म होने पर इस देश का निरीह प्राणी इस समस्या से दो-चार होता आ रहा है, मगर आज तक कुछ तय नहीं कर पाया।

पंखा नहीं चलाता तो मच्छर काटते हैं। चलाता है तो ठंड लगती है। कंबल डालता है तो गरमी लगती है। गरमी से बचने के लिए पैर बाहर निकालता है तो फिर मच्छर काटते हैं। मच्छर से बचने के लिए फिर पंखा चलाता है तो स्पीड कंट्रोल नहीं कर पाता, क्योंकि रेगुलेटर तो खराब होता है। और रेगुलेटर खराब है, ये बात हमेशा उसे रात में ही याद आती है।

जैसे-तैसे सारी रात मच्छरों से बचते-बचाते, एक पैर कंबल के अंदर एक बाहर निकाल, वो कथकली करते हुए गुजार देता है। बावजूद इसके पंखे की तेज स्पीड से बच नहीं पाता और जुकाम का शिकार हो जाता है। जुकाम की दवा लेता है तो कफ हो जाता है। कफ ठीक होता है तो गला सूखने लगता है।

इस तरह एक के बाद एक कई रातें वो 'पंखा चलाऊँ या नहीं' के कंफ्यूजन में गुजार देता है। पहले प्यार में धोखा खाई लड़की की तरह अंदर-ही-अंदर घुटता है, मगर किसी को कुछ बताता नहीं। न तो ये बात वो एफएम के किसी रेडियो जॉकी से शेयर कर सकता है और न ही महिलाओं की पत्रिका में 'का से कहूँ' कॉलम में लिख दुनिया को बता सकता है। इस दौरान देश के तमाम बुद्धिजीवी एक से बढ़कर एक सवालों में उलझे रहते हैं, मगर कोई उस गरीब को ये नहीं बताता कि इस मौसम में पंखा चलाना है या नहीं?

□

रेलवे स्टेशन का दिलकश नजारा

मैं कश्मीरी गेट की तरफ से पुदिरे यानी पुरानी दिल्ली रेलवे स्टेशन में प्रवेश करता हूँ। स्टेशन अपनी तमाम खूबसूरती लिये मेरे सामने है। एक नजर में यकीन करना मुश्किल है कि स्टेशन ज्यादा पुराना है या दिल्ली। पटरियों में फँसे रंग-बिरंगे पॉलीथिन, जर्दे के खाली पाउच, प्लास्टिक की बोतलें, पत्थरों पर फाइन आर्ट बनाती पान की पीकें, पपड़ियों से सजी बेरंग दीवारें, अनजान कोनों से आती बदबू, खड़ी गाड़ियों और उखड़े लोगों के बहाए मल और न जाने ऐसी कितनी ही अदाएँ, जो अपनी संपूर्ण गंदगी के साथ स्टेशन की पुरातात्त्विकता को जिंदा रखे हैं। ये समझ पाना मुश्किल है कि आखिर किस गलती की सजा स्टेशन को दी जा रही है? संसद् में अटका वो कौन सा विधेयक है, जिसके चलते यहाँ झाड़ू नहीं लग रही? किस साजिश के तहत देश की विकास योजनाओं में इसे शामिल नहीं किया जा रहा? आखिर क्यों ये आज भी वैसा ही है, जैसा कभी राणा सांगा के वक्त रहा होगा?

ये कुछ ऐसे सवाल हैं, जिनके मैं जवाब जानना चाहता हूँ। मगर अभी तो ये जानना है कि जिस ट्रेन से जाना है वो किस प्लेटफॉर्म से चलेगी। जैसे-तैसे पूछताछ खिड़की पर पहुँचता हूँ। खिड़की पर कोई मौजूद नहीं है। अंदर एक फोन घंटियाँ बजा-बजा परेशान हो रहा है, मगर उसे उठाने वाला कोई नहीं। मैं अंदर आवाज देता हूँ। यहाँ-वहाँ पूछता हूँ, मगर इन्क्वायरी विंडो पर मौजूद शख्स का कोई पता नहीं। कैसी विडंबना है कि मैं गया तो गाड़ी का पूछने था, मगर लोगों से पूछता फिर रहा हूँ कि इन्क्वायरी विंडो वाला किधर है?

सवाल ये है कि ये इन्क्वायरी विंडो वाला आखिर किधर गया? क्या ये आज बिना किसी को बताए आया ही नहीं या ऊपर बने किसी कमरे में आराम फरमा रहा है? क्या ये किसी कोने में बैठा बीड़ी फूँक रहा है या पिछले दो घंटे से ये 'दो मिनट' के किसी काम पर निकला है? सोचता हूँ कि स्टेशन पर गुमशुदा लोगों के

जो इश्तहार लगे हैं, वहीं पूछताछ खिड़की के उस शख्स का भी एक इश्तहार लगा दूँ कि किसी को दिखे तो कृपया बताएँ!

प्लेटफॉर्म की तलाश में मैं आगे बढ़ रहा हूँ। इस बीच भूख लगने लगती है। गाड़ी चलने में समय है, सोचता हूँ कुछ खा लूँ। गरदन घुमाकर देखता हूँ। चारों तरफ सेहत के दुश्मन बैठे हैं। कोई भटूरा बेच रहा है तो कोई पकौड़ा, किसी के पास गंदे तेल में तला समोसा है तो किसी के पास पिलाने के लिए ऐसी शिकंजी जिसमें इस्तेमाल की गई बर्फ और पानी का रहस्य सिर्फ बेचनेवाला ही जानता है। तमाम चीजों की हकीकत जानने के बावजूद खाने-पीने के भारतीय संस्कारों के हाथों मजबूर हूँ। पहले शिकंजी पीता हूँ, फिर भटूरे खाता हूँ, थोड़े पकौड़े लेता हूँ और आधी-कच्ची चाय का भी आनंद उठाता हूँ।

खाने-पीने को लेकर दिल से उठाया गया ये कदम फौरन पेट पर भारी पड़ने लगता है। बाथरूम की तरफ लपकता हूँ। दोस्तो, भारतीय रेलवे के स्टेशंस पर शौचालय वो जगह होती है, जहाँ सतत जनसहयोग और सफाई कर्मचारियों की अकर्मण्यता से जहरीली गैसों का निर्माण किया जाता है। उस पर ये भी लिखा रहता है—स्वच्छता का प्रतीक। ऐसा लगता है मानो लोगों को चिढ़ाया जा रहा है।

खैर, साँस रोके जो करना है वो कर बाहर आता हूँ। मुझे अब भी अपने प्लेटफॉर्म की ठीक-ठीक जानकारी नहीं है। फिर कोई ओवरब्रिज से दूसरे छोर पर जाने का इशारा करता है। सीढ़ियाँ बड़ी हैं, साँस छोटी, ऊपर पहुँचने तक हाँफने लगता हूँ। अभी आई एक गाड़ी से छूटे लोग पुलिया पर धावा बोल देते हैं। धक्कों का मुफ्त लंगर लग जाता है और आवभगत ऐसी कि पूछो मत! मना करने के बावजूद थोड़ा और, थोड़ा और कह पेट भर दिया जाता है। सामान थामे आँख बंद कर मैं किनारे लगता हूँ। एक-एक कर तमाम कुकर्म फ्लैशबैक में आँखों के आगे गुजरने लगते हैं। मेरी लाँघी दस हजार रेड लाइटें, ब्लूलाइन के बेटिकट सफर, ऑफिस में की सैकड़ों घंटों की कामचोरी! नहीं प्रभु नहीं···तुम इतने बुरे न्यायाधीश नहीं हो सकते। मेरे मिनी भ्रष्टाचारों की इतनी बड़ी सजा! इन दरियाई घोड़ों को रोको प्रभु, रोको!

तभी भीड़ छँटती है, साँस आती है, गाड़ी पहुँचती है। एस-7 कोच में प्रवेश करता हूँ। अंदर वही सबकुछ···मूँगफली के छिलके, पान की पीकें, बिखरी चाय, खाली बोतलें···लगता है निगम के कचरा ढोनेवाले ट्रक में बैठ गया हूँ और पीछे तख्ती टँगी है—रेलवे का मुनाफा 90 हजार करोड़!

□

पुरस्कार का एंटी क्लाइमैक्स

पुरस्कार समिति से जुड़े शख्स का कहना था लोग खामखाह चिंता करते हैं कि फलाँ लेखक उम्रदराज हो रहा है, डिजर्व भी करता है, लेकिन अकादमी ध्यान नहीं दे रही। लेखक को वक्त पर पुरस्कार न मिलना और मरने से पहले मिल जाना महज इत्तफाक नहीं है। बहुत कम लोग जानते हैं कि इस मामले में हमारी तैयारी कॉरपोरेट कंपनियों से भी अच्छी होती है।

हमने बाकायदा मेडिकल जासूसों की एक टीम तैयार कर रखी है। हर जासूस 70 की उम्र पार कर चुके तीन बड़े लेखकों पर निगरानी रखता है। ये जासूस अलग-अलग तरीकों से हमें रिपोर्ट देते हैं कि फलाँ लेखक का स्वास्थ्य कैसा चल रहा है। इन तरीकों में लेखक के फैमिली डॉक्टर को खरीद लेना, उससे वक्त-वक्त पर लेखक की डायबिटीज की रिपोर्ट लेना, ब्लड प्रेशर की स्थिति जानना, पता लगाना कि लेखक को कोई बड़ी तकलीफ तो नहीं है और अगर है तो कितनी गंभीर है आदि शामिल है।

अब इसी रिपोर्ट के आधार पर अकादमी तय करती है कि लेखक को अभी कितना और लटकाया जा सकता है?

मैंने कहा, लेकिन श्रीमान् यही तो सवाल है कि आखिर आप लटकाते क्यों हैं? सारी जवानी लेखक दो पैंटों में निकाल देता है, सौ-सौ रुपए के लिए संपादकों से उलझता रहता है। कुलफी वाले की घंटी को, गफलत में डाकिये की घंटी समझ दरवाजा खोलता है। तब तो उसकी सुध लेते नहीं, फिर अस्सी की उम्र में उसकी उस रचना को सम्मान दे देते हैं जो उसने चालीस में लिखी थी।

बात काटते हुए समिति सदस्य बोले, इसके पीछे भी हमारा अपना दर्शन है। दरअसल समिति मानती है कि 'व्यवस्था से नाराजगी' ही लेखक की सबसे बड़ी ताकत होती है। अब लेखक की नाराजगी कोई आशिक की नाराजगी तो है नहीं

कि वो गुस्से में शराब पीने लगे या फाँसी पर लटक जाए। इसी नाराजगी से रचनात्मक ऊर्जा मिलती है। वो उम्दा रचनाएँ लिखता है।

हमें लगता है कि अगर लेखक को वक्त पर सम्मान और पैसा दोनों मिल जाएँगे तो वो 'जीवन के द्वंद्व' को कैसे समझेगा?

मैंने कहा—श्रीमान्, वो तो ठीक है, लेकिन उस पर भी लेखक की सर्वश्रेष्ठ रचना को पुरस्कार न दिया जाना भी क्या इत्तफाक है? उपन्यासकार की कहानी को पुरस्कार दे दिए जाते हैं और कहानीकार के उपन्यास को, और वो भी ऐसी रचना पर जो खुद लेखक की नजर में सर्वश्रेष्ठ नहीं होती।

देखिए, चौधराहट का उसूल है कि आप ऐसा कुछ करते रहें, जो लोगों की समझ से परे हो। अगर हमें भी उसी पर मुहर लगानी है, जिसकी दुनिया तारीफ कर रही है तो हमारी क्या रह जाएगी? आखिर हमें भी तो 'अपनी वाली' दिखानी होती है।

□

क्या तुम रिमोट के लिए नहीं झगड़ते?

हिंदी सीरियल्स देखते वक्त मेरे जेहन में अकसर ये बात आती है कि जो परिवार यहाँ दिखाया गया है, वो देश के किस राज्य के, किस जिले के, किस शहर के, किस मोहल्ले में रहता है? जहाँ भी रहता है, उससे मिलकर मैं कुछ सवाल करना चाहता हूँ। इसी चक्कर में मैंने काफी धक्के भी खाए। मगर ये परिवार मेरे हाथ नहीं लगा। खैर, मैं ये सवाल आपसे शेयर करना चाहता हूँ। अगर परिवार या इसका कोई सदस्य आपसे मिले तो उससे ये सवाल जरूर पूछिएगा।

पेश हैं कुछ मासूम सवाल—

1. सच-सच बताना, तुम लोग जन्म लेते हो या ऑर्डर देकर बनवाए जाते हो। लगता तो यही है कि परिवार के सभी सदस्य ऑर्डर देकर बनवाए गए हैं और वो भी किसी कवि की निगरानी में। हमारे यहाँ तो ढूँढ़ने पर पूरे मोहल्ले में एक ढंग की लड़की नहीं दिखती और तुम्हारे घर में एक से एक, चलो छोड़ो और बावजूद उसके घर में कोई ब्लैंक कॉल नहीं आती। वरना जहाँ एक खूबसूरत लड़की रहती है, वहाँ दिन में कम-से-कम 15-20 ब्लैंक कॉल्स तो आती ही हैं।
2. तुममें से कोई मुझे एलजी या जनता फ्लैट्स में रहता क्यों नहीं दिखता? यहाँ तो साला दो कमरों का मकान किराए पर लेने में जान निकल जाती है। लेकिन तुम्हारे घर देख विश्वास करना मुश्किल है कि तुम घर में रहते हो या धर्मशाला में! इतनी लंबी गैलरी। लॉबी के बीचोबीच सीढ़ियाँ। जहाँ देखो कमरे-ही-कमरे। इसके बावजूद एक भी किराएदार नहीं। एक-आध कमरा तो कम-से-कम किराए पर चढ़ाओ।
3. घर के बीचोबीच जो डाइनिंग टेबल पड़ी रहती है, उसे लेकर भी तुम मुझे जवाब दो। जानते हो, तुम्हारी इस डाइनिंग टेबल के कारण हम

भारतीय कितनी हीनता का शिकार हुए हैं? जब भी तुम लोगों को वहाँ खाना खाते देखते हैं तो दिल करता है कि हम भी परिवार के साथ ऐसे ही खाना खाएँ। मगर क्या करें, हमारे घर में डबलबैड रखने की जगह तक तो है नहीं, डाइनिंग टेबल कहाँ रखें? दूसरा, डाइनिंग टेबल ले भी आएँ तो हमें इतनी तमीज नहीं है कि टेबल पर कैसे खाया जाता है? हमें तो रजाई में बैठकर खाने की आदत है।

4. बिना किसी काम-धाम के तुम लोग घर में इतने लिपे-पुते क्यों रहते हो? क्या सोचते हो कि कहीं अचानक किसी बारात का न्यौता न आ जाए। घर में औरतें कद्दू भी काटती हैं तो शिफॉन की साड़ी में। यार, कुछ तो कपड़े के ग्रेस का खयाल रखो। कहीं जाना नहीं तो पजामा पहन के बैठो।
5. प्रिय, क्या तुम्हारे यहाँ बिजली का बिल नहीं आता? आता है तो इतने फानूश क्यों लगा रखे हैं? लगा भी रखे हैं तो हर वक्त जलाकर क्यों रखते हो? इतना दिखावा किसके लिए? फिर मैंने तुम्हें बिजली का बिल भरने जाते भी कभी नहीं देखा। मुझे लगता है कि तुमने गली के खंभे में कुंडी मार रखी है, इसीलिए इतने बेफिक्र हो। वरना तुम कभी तो घरवालों पर चिल्लाते दिखते, 'देख रहो हो, इस बार कितना बिल आया है? सौ बार कहा है, कमरे से निकलो तो पंखा बंद कर दो।'
6. वैसे तो तुम हर मुद्दे पर झगड़ते दिखते हो, लेकिन मैंने तुम लोगों को कभी रिमोट के लिए झगड़ते नहीं देखा जबकि हर भारतीय घर में 69 फीसदी झगड़े तो रिमोट और पसंद का चैनल देखने के लिए ही होते हैं। तुम्हारे पति को भी तुम्हें कभी इस बात पर डाँटते नहीं देखा कि क्या ये हमेशा रोने-धोने वाले नाटक देखती हो। ये सब लो-आईक्यू वाले लोग देखते हैं। चलो, डिस्कवरी चैनल लगा दो।
7. अपने बुजुर्गों को सुंदरता और अमरता का कौन सा रसायन पिलाते हो? किस कंपनी का च्यवनप्राश खाते हैं वो? प्लीज मुझे बताओ। न मैंने उन्हें कभी खाँसते देखा, न हाँफते। न किसी की जुबान लड़खड़ाती है और न ही किसी को ऊँचा सुनता है। सब एकदम हट्टे-कट्टे। हफ्ते-दर-हफ्ते और निखरते जाते हैं। सब की डायलॉग डिलिवरी भी कमाल की है। किसी के एक्सेंट से नहीं पता चलता कि ये पंजाबी है, मराठी है, या बंगाली। सब शुद्ध खालिस नुक्तों की जुबान बोलते हैं।

8. स्वामी दयानंद सरस्वती आज जिंदा होते तो खूब नाराज होते। विधवा विवाह को लेकर जो लिबर्टी उन्होंने तुम्हें दिलवाई, उसका तुम ऐसा हश्र करोगी, ये उन्होंने कभी नहीं सोचा होगा। अगर पति की कार खाई में गिर गई है, तो पहले कम-से-कम कन्फर्म तो कर लो कि वो मरा भी या नहीं। इधर वो मरा नहीं, उधर लगी तुम अखबारों में वर ढूँढ़ने। तुम शादी कर लेती हो। संपूर्ण श्रद्धा से नए पति की हो जाती हो। बच्चा भी होने को है। और ठीक उसी समय तुम्हारा पहला पति, जो लगता है ये सब होने के इंतजार में बैठा था, आ धमकता है। हैरानी की बात ये है कि तुम हर सीरियल में ये गलती करती हो।
9. बड़े घर, बड़ी गाड़ी और बड़े मुँह के अलावा तुम लोगों के घाटे भी बड़े-बड़े होते हैं। मिस्टर बजाज और मिस्टर सिंघानिया को कभी 5 करोड़ से कम का घाटा नहीं लगता। केबल वाला महीने का ढाई सौ से तीन सौ रुपए कर देता है तो हम लोग केबल कटवा लेते हैं। रिक्शेवाले से दो-दो रुपए के लिए मरने-मारने पर उतारू हो जाते हैं। मगर तुम्हारी, तुम्हारी तो बात ही निराली है। हाय! क्या हमें भी कभी पाँच करोड़ का घाटा होगा या हम यूँ ही आलू-प्याज के मोल-भाव करते ही मर जाएँगे?

☐

दर्शक होने का सौभाग्य!

ये वो दौर था, जब संडे को आनेवाली फिल्म का इंतजार हम मंडे से किया करते थे, जब बाप के साथ बेटा भी कृषिदर्शन देखकर जाना था कि किसान भाई आलू कैसे लगाएँ, प्यार में पढ़ी लड़कियाँ कुछ और समझ न आने पर 'एक चिड़िया, अनेक चिड़िया···' गाया करती थीं और जनसंख्या वृद्धि पर चर्चा करते हुए भूगोल का टीचर एक वजह ये भी बताता था कि देश में मनोरंजन के साधनों की कमी है! ठीक उसी वक्त··प्रिय सचिन, तुम इस देश में मनोरंजन के मसीहा बनकर उतरे।

जिस उम्र में भारतीय माँएँ बच्चों को शाम ढलने के बाद मोहल्ले की दुकान से दही लाने नहीं भेजतीं, उस उम्र में दुनिया भर के गेंदबाजों की धज्जियाँ उड़ाकर तुमने दस्तक दी। मुझे आज भी याद है, जब तुमने कादिर की गेंद पर एक साथ तीन छक्के लगाए थे और उसी दिन नए बैट की जिद्द में मैंने पापा से चार थप्पड़ खाए थे।

उनके थप्पड़ मुझे हिला न पाए, मगर तुम्हारी बैटिंग ने मुझे और देश को हिलाकर रख दिया। हर गली 'मैदान' हो गई, लकड़ी का हर टुकड़ा 'बैट' हो गया और हर कोई 'सचिन' हो गया। तुम मैदान में वसीम की बखियाँ उधेड़ते, हम गली के असीम को पेलकर अपनी भड़ास निकालते। तुम रिकॉर्ड तोड़ते, हम गली के शीशे फोड़ते। तुम 'मैन ऑफ द मैच' बनते और हम गली के विलेन होते ।

मगर इसकी किसे परवाह थी? तुम्हारी क्रिकेट में जान थी और हमारी तुममें। तुम्हारी लंबी पारी के लिए नास्तिक ईश्वर से दुआ माँगते, महिलाएँ सीरियल कुर्बान कर तुम्हारी बैटिंग देखतीं, डेट कैंसिल कर लड़के घर बैठते, बच्चों के लिए रिजर्व कोटे से माँएँ तुम्हें आशीष देतीं और बुजुर्ग भी यही कामना करते कि हे प्रभु! मेरी उम्र भले 5 साल घटा दे, मगर सचिन को शतक के लिए जो पाँच रन चाहिए, बस वो बनवा दे!

खेलों पर बोलते हुए रजनीश ने एक बार कहा था कि दर्शक मत बनो, खिलाड़ी बनो। सोचता हूँ कि अगर खिलाड़ी तुम जैसा हो, तो जिंदगी भर दर्शक बने रहना भी कोई कम बड़ा सौभाग्य नहीं है। शुक्रिया सचिन, हमें भाग्यशाली बनाने के लिए।

□

मुहावरों में पिलती बेचारी सब्जियाँ

बीवी ने अगर सब्जी अच्छी नहीं बनाई तो आप किस पर गुस्सा निकालेंगे? बीवी पर या सब्जी पर। निश्चित तौर पर बीवी पर। लेकिन इस देश में मर्द चूँकि सदियों से बीवी से डरता रहा है, इसीलिए उसने चुन-चुनकर सब्जियों पर गुस्सा निकाल दिया। यही वजह है कि ज्यादातर मुहावरों में सब्जियों का इस्तेमाल 'नकारात्मकता' बयान करने में ही किया गया है। मुलाहिजा फरमाएँ—

तू किस खेत की मूली है : एक सर्वे के मुताबिक औकात बताने के लिए इस मुहावरे का सबसे ज्यादा इस्तेमाल किया जाता है और अगर आपका खून पानी नहीं हुआ तो ये सुनते ही वो खौल उठेगा और आप झगड़ बैठेंगे। मगर क्या किसी ने सोचा है इससे 'मूली के कॉन्फिडेंस' पर कितना बुरा असर पड़ता होगा? कितना नुकसान होता है उसकी सामाजिक प्रतिष्ठा का?

क्या मानव जाति भूल गई कि बरसों से मक्खन लगाकर वो इसी मूली के पराँठे खाती रही है? नमक लगी, नीबू छिड़की कितनी ही मूलियाँ रेहड़ियों पर उसके हाथों शहीद हुई हैं। प्याज महँगे होने पर यही मूली सलाद की प्लेटें भरती आई है। मगर ये एहसान फरामोश इनसान, इसने तो बड़ों-बड़ों को कुछ नहीं समझा, तो ये मूली आखिर किस खेत की मूली है!

थोथा चना बाजे घना : मूली के बाद जिस सब्जी का मुहावरों में सबसे नाजायज इस्तेमाल किया गया है, वो चना है। उस पर भी चने का इतने मुहावरों में इस्तेमाल हो चुका है कि अलग से एक पॉकेट बुक निकाली जा सकती है। थोथा चना बाजे घना, अकेला चना भाड़ नहीं फोड़ सकता, लोहे के चने चबाना, चने के झाड़ पर चढ़ाना। ऐसा देश जहाँ प्रति सेकंड एक भावना आहत होती है, चने की भावना का क्या? यकीन मानिए, अगर सब्जियों की तरफ से मानहानि के मुकदमे दायर हो सकते, तो हर बंदा चने के खिलाफ एक-आध केस लड़ रहा होता!

एक अनार सौ बीमार : चरित्र हनन नाम की अगर वाकई कोई चीज है, तो अनार से ज्यादा बदनामी किसी की नहीं हुई। जिंदगीभर आम आदमी अनार का जितना जूस नहीं पीता, उससे कहीं ज्यादा ये कहावत बोल-बोलकर निकाल देता है। टारगेट कोई, मरा कोई जा रहा और घसीटा जाता है बेचारे अनार को। सोचता हूँ अनार को कितनी शर्मिंदगी झेलनी पड़ती होगी, जब उसके बच्चे पूछते होंगे कि मम्मी, लोग आपके बारे में ऐसा क्यों कहते हैं?

थाली का बैंगन : बैंगन अपने रंग-रूप के चलते बिरादरी में तो राजा है, लेकिन कहावतों में उसकी औकात संतरी से ज्यादा नहीं! किसी को भी रीढ़विहीन, दलबदलू कहना हो तो थाली का बैंगन कह दो। इतिहास गवाह है कि किसी भी युग में जनता द्वारा राजा की इतनी भद्द नहीं पीटी गई। गाजर-मूली तक ठीक है। मगर बैंगन के स्टेटस का तो खयाल रखो। जब से धनिए ने ये कहावत सुनी है, वो बैंगन को आँख दिखाने लगा है। चल बे! काहे का बैंगन राजा! सब पता है तेरी औकात का।

दाल में कुछ काला है : भ्रष्टाचार के नए आयाम स्थापित करते-करते एक रोज भारतीय समाज ऐसी जगह पहुँचा, जहाँ सब्जियाँ कम पड़ गईं, लिहाजा दालों को निंदा कांड में घसीटना पड़ा। भ्रष्टाचारी घपले करने लगे। शरीफों ने सीधे न बोलकर कह दिया कि दाल में कुछ काला है। जाँच हुई तो पता चला कि पूरी दाल ही काली है। फिर दावा किया गया, अरे! ये तो काली दाल है। इस तरह दाल को गड़बड़ी का प्रतीक बना उसका मार्केट खराब कर दिया गया।

लड़के से लड़की नहीं पटी और दोस्तों ने छेड़ दिया, क्यों दाल नहीं गली क्या? नाकामी को दाल न गलने से जोड़ दिया। हकीकत तो ये है कि आमतौर पर सभी दालें दो-तीन सीटियों में गल जाती हैं। मुझे नहीं याद आता कि आज तक किसी दाल ने न गलने की जिद की हो।

इसके अलावा गाजर-मूली की तरह काटना, खरबूजे को देख खरबूजा रंग बदलता है, एक तो करेला ऊपर से नीम चढ़ा सरीखी कुछ ऐसी कहावतें हैं, जो बताती हैं कि सब्जियों की ऐसी-तैसी करने में हम कितने लोकतांत्रिक रहे हैं!

□

हमें हमारे हाल पर छोड़ दो

छह महीने हो गए इस सड़क से गुजरते मगर पंद्रह फीट ऊपर टँगी इन लाइट्स को मैंने आज तक जलते नहीं देखा। 'न जलने' को लेकर इनमें जबरदस्त एकता है। एक-आध भी जलकर बगावत नहीं कर रही। अब तो शायद अस्तित्वबोध भी खो चुकी हैं। नहीं जानतीं कि इनका इस्तेमाल क्या है? इतनी ऊपर क्यों टँगी हैं? कुछ पोस्ट, जो आधे झुके हैं, लगता है अपने ही हाल पर शर्मिंदा हैं।

हमारे यहाँ ज्यादातर लैंप-पोस्ट्स की यही नियति है। लगने के बाद कुछ दिन जलना और फिर फ्यूज हो, खजूर का पेड़ हो जाना! वक्त आ गया है कि देश के तमाम डिवाइडरों से इन खंभों को उखाड़ा जाए। विकसित देशों को संदेश दिया जाए कि विकास के नाम पर तुमने बहुत मूर्ख बना लिया। व्यवस्था के नाम पर तुम्हारे सभी षड्यंत्रों को हम तबाह कर देंगे। वैसे भी व्यवस्था इनसान को मोहताज बनाती है। उसकी सहज बुद्धि खत्म करती है। हम हिंदुस्तानी हर काम अपने हिसाब से करने के आदी हैं। व्यवस्था में हमारा दम घुटता है। हमें मितली आती है।

हमने तय किया है कि स्ट्रीट लाइट्स के बाद हम जैबरा क्रॉसिंग को खत्म करेंगे। वैसे भी जिस देश में नब्बे फीसदी लोगों ने कभी जैबरा नहीं देखा, वहाँ किसी व्यवस्था को जैबरा से जोड़ना स्थानीय पशुओं का सरासर अपमान है। आवारा पशुओं की हमारे यहाँ पुरानी परंपरा है। क्या हम इस काबिल भी नहीं हैं कि हमारे पशुओं में ऐसी कोई समानता ढूँढ़ पाएँ। सड़क पर घूमते किसी भी दुरंगे कुत्ते को ये सम्मान दे उसे अमर किया जा सकता है।

इसके अलावा ट्रैफिक सिग्नल्स भी अभिव्यक्ति की स्वतंत्रता के साथ खिलवाड़ हैं। क्या ये सिग्नल्स हमें बताएँगे कि कब जाना है और कब नहीं! इनसानों में जब तक संवाद कायम है, उन्हें मशीन के हाथों नियंत्रित नहीं होना

चाहिए। वैसे भी गालियों का हमारा शब्दकोश काफी समृद्ध है। ईश्वर और पुलिस से ज्यादा यही गालियाँ हमारा साथ देती आई हैं। तेरी···तेरी···

बीच सड़क में बैठी गाय के साइड से निकाल, सामने आते ट्रक से बच, पीछे बजते हॉर्न को बरदाश्त कर, खुले ढक्कन वाले गटर के चंगुल से निकल हम अकसर ही घर से ऑफिस और ऑफिस से घर आते-जाते रहे हैं। और उस पर भी हमारा जिंदा होना इस बात का सबूत है कि हम किसी स्ट्रीट लाइट, जैबरा क्रॉसिंग और ट्रैफिक सिग्नल के मोहताज नहीं। दुनिया वालो, तुम्हारी व्यवस्था तुम्हें मुबारक! भगवान् के लिए हमें हमारे हाल पर छोड़ दो।

□

प्यार अंधा होता है, वो बर्थ सर्टिफिकेट नहीं देखता!

हिना रब्बानी खार और बिलावल भुट्टो के अफेयर की खबर सामने आने के बाद चारों ओर इस सबकी आलोचना हो रही है। पर मुझे अफसोस के साथ कहना पड़ रहा है कि इन आलोचनाओं में तर्क कम और लोगों की फ्रस्ट्रेशन ज्यादा झलक रही है।

कुछ लोगों का कहना है कि हम तो समझते थे हिना रब्बानी खार पाकिस्तान की एक्सटर्नल अफेयर्स मिनिस्टर हैं, मगर वो तो पाकिस्तान की एक्स्ट्रा मैरिटल अफेयर्स मिनिस्टर निकलीं। वहीं कुछ का कहना है कि हिना ने खुद से 11 साल छोटे बिलावल से संबंध बनाए हैं, तो अब हमें ये समझ नहीं आ रहा कि वो उनसे शादी करेंगी या उन्हें गोद लेंगी! वैसे उनकी पहले से दो बेटियाँ हैं, अगर वो बेटा गोद लेना चाहें, तो बिलावल लड़का बुरा नहीं है!

बहरहाल, लोगों की इसी तरह की आलोचनाएँ सुनकर और विवाहेतर संबंधों के बारे में ज्ञान बढ़ाने के लिए मैंने स्थानीय कलंक कथाओं के एक जानकार से बातचीत की। पेश है बातचीत के मुख्य अंश—

सर, बिलावल भुट्टो और हिना रब्बानी खार के संबंध के बारे में आपका क्या कहना है, क्योंकि ज्यादातर लोगों का मानना है कि दोनों की उम्र में 11 साल का फर्क है, इसलिए उन्हें ऐसा नहीं करना चाहिए था।

जानकार : बरखुरदार, मुझे नहीं पता कि तुम प्यार के बारे में कितना जानते हो। मगर क्या तुमने सुना नहीं कि प्यार अंधा होता है। ये जात-पाँत, रंग-रूप कुछ नहीं देखता। अब जब वो जात-पाँत नहीं देखता, तो बर्थ सर्टिफिकेट कैसे देख सकता है?

लड़के को अगर लड़की से प्यार हुआ है तो क्या वो उससे पहला सवाल ये पूछेगा—मैं आपसे प्यार तो करता हूँ, मगर आप बुरा न मानें तो क्या मैं आपकी दसवीं की मार्कशीट देखकर आपकी उम्र जान सकता हूँ। एक बार अगर ये कंफर्म हो जाए कि आप उम्र में मुझसे बड़ी नहीं हैं, तो हम इस प्यार पर आगे बात कर सकते हैं। ये कोई कमर्शियल डील नहीं होती बेटा। दिलों का लेन-देन सामान का लेन-देन नहीं है, जहाँ आप सौदा करने से पहले नियम और शर्तें पढ़ते हैं। ये तो बस हो जाता है।

सर, वो तो ठीक है, मगर एक शादीशुदा इनसान के अफेयर को आप कैसे जायज ठहरा सकते हैं?

जानकार (खीझते हुए) : बच्चे, उम्र के साथ-साथ अगर तुम्हारे दिमाग का भी बराबर विकास हुआ होता तो तुम ऐसा सवाल न पूछते!

जी, मतलब?

जानकार : मतलब ये कि मैंने तुम्हें अभी समझाया कि प्यार अंधा होता है। अब जब वो बर्थ सर्टिफिकेट नहीं देख सकता, तो भला मैरिज सर्टिफिकेट कैसे देखेगा। क्या तुम्हें इतनी सी बात भी समझ नहीं आती!

लेकिन सर, विवाहेतर संबंधों से आदमी का वैवाहिक जीवन खराब होता है, उसका क्या?

जानकार : ये तुमसे किसने कह दिया? उलटा एक्स्ट्रा मैरिटल अफेयर के बाद तो इनसान की वैवाहिक जिंदगी पहले से बेहतर हो जाती है। जो बीवी आपको सालों से खुद पर ध्यान न देने का ताना देती है, विवाहेतर संबंधों के बाद आप जब भी उसे देखते हैं, तो आपको गिल्ट होता है। आप मन-ही-मन सोचते हैं कि ये मैं इसके साथ अच्छा नहीं कर रहा। और इसी गिल्ट से बचने के लिए आप उसे ज्यादा प्यार करते हैं। बीवी ये सोचकर खुश होती है कि उसने जो 11 सोमवार के व्रत रखे हैं, ये उसका प्रताप है, फव्वारेवाले शनि मंदिर के पंडितजी से जो काला धागा बँधवाया है, उसकी कृपा है।

इस सबका असर ये होता है कि बीवी पहले से ज्यादा धार्मिक हो जाती है और आप आउट ऑफ गिल्ट ही सही, बीवी से प्यार तो करने लगते हैं। वैसे भी मेरा तजुर्बा है, शादी के कुछ साल बाद बिना किसी गिल्ट के बीवी से प्यार किया ही नहीं जा सकता।

हाँ, विवाहेतर संबंधों को लेकर अगर मेरी कोई शिकायत है, तो वो इसके नाम को लेकर है। अंग्रेजी का एक्स्ट्रा मैरिटल अफेयर शब्द कितना खूबसूरत है।

कितना म्यूजिक है इस शब्द में। जबकि हिंदी का विवाहेतर संबंध काफी औपचारिक साउंड करता है। अगर कोई नाम देना ही है तो हमें इसे विवाहेतर संबंध नहीं, विवाहेतर जीवन कहना चाहिए। विवाह के इतर जीवन। ऐसा जीवन जिससे एक उबाऊ वैवाहिक जीवन को नया जीवनदान मिलता है!

□

हजार करोड़ तक के घोटालों को मिले कानूनी मान्यता!

बुराइयों का भी अपना अर्थशास्त्र होता है। फिर चाहे वह वेश्यावृत्ति हो या सट्टेबाजी। तभी तो दुनिया के बहुत से देशों ने इन पर लगाम लगाने के बजाय इन्हें कानूनी मान्यता दे दी। इससे हुआ ये कि जो पैसा पहले पिछले दरवाजे से पुलिस और प्रशासन के हाथों में जाता था, वो सरकारी खजाने में आने लगा। इससे धंधे में शामिल लोगों को तो सुकून मिला ही, सरकार की भी आमदनी बढ़ी।

अब ये देखते हुए कि भ्रष्टाचार भी हिंदुस्तानी समाज की एक बड़ी बुराई है और अपनी तमाम कोशिशों के बावजूद हम इसे रोकने में कामयाब नहीं हो पा रहे, सरकार को चाहिए कि रोज-रोज की किचकिच से बचने के लिए अब वो इसे कानूनी मान्यता दे दे।

मंत्री से लेकर विधायक तक और अधिकारी से लेकर चपरासी तक, सभी को उनकी औकात के हिसाब से एक निश्चित सीमा तक भ्रष्टाचार करने की छूट दी जाए। मसलन, केंद्रीय मंत्री को छूट हो कि वो एक हजार करोड़ तक का घोटाला कर सकेगा जिसमें से दो सौ करोड़ तक का घोटाला टैक्स फ्री होगा और इसके बाद हजार करोड़ के घोटाले तक उसे एक निश्चित दर से सरकार को टैक्स देना होगा। साल के आखिर में उसे फॉर्म 16 की तर्ज पर फॉर्म 420 दिया जाएगा। वित्तीय वर्ष के अंत में सीटीआर (करप्शन टैक्स रिटर्न) फाइल करना अनिवार्य होगा जिससे सरकार को पता लग पाए कि अमुक व्यक्ति ने तय सीमा में रहकर भ्रष्टाचार किया है या नहीं। और जिसने भ्रष्टाचार किया है, उसके लिए ये सीटीआर, अपने भ्रष्टाचार की वैधानिक मान्यता होगी। जैसे ही उस पर कोई घपला करने का

आरोप लगाए तो वो सीटीआर की कॉपी उसके मुँह पर मारकर कह सके कि मैंने ये सबकुछ कानून की हद में रहकर किया है। इससे घपला करनेवाले आदमी की आत्मा पर कोई बोझ भी नहीं रहेगा और सरकार ये सोचकर ही तसल्ली कर लेगी कि टैक्स के बहाने ही सही, उसने अपना कुछ नुकसान तो कम किया।

दूसरी तरफ जब हम घोटालों के अर्थशास्त्र की बात करते हैं तो हमें ये भी समझना होगा कि अगर हर किसी घोटाले से सरकार को नुकसान होता है, तो उस घोटाले के विरोध में होनेवाले प्रदर्शनों से निपटने में भी तो उसका अच्छा-खासा पैसा खर्च हो जाता है। मसलन, पचास लाख के घोटाले के विरोध में अगर पाँच हजार लोग सड़कों पर उतर आएँ तो उनसे निपटने के लिए पुलिस के दस हजार जवान लगाने पड़ेंगे। अब ये जवान अगर दिनभर उन लोगों से निपटते रहें तो इनकी एक दिन की तनख्वाह जोड़िए। इन पाँच हजार लोगों को काबू करने के लिए अगर एक रात स्टेडियम में रखना पड़ा तो स्टेडियम का किराया जोड़िए। अब बंदी बनाया है, तो भूखा तो रख नहीं सकते, लिहाजा पाँच हजार लोगों को रात का खाना खिलाना पड़ेगा। सुबह छोड़ने से पहले चाय देनी होगी।

इसके बाद जिस आदमी पर इलजाम लगाया है, अगर वो दिन में प्रेस कॉन्फ्रेंस कर दो घंटे अपनी सफाई देगा तो उसे कवर करने वहाँ दसियों ओबी वैन लगेंगी। बीसियों रिपोर्टर होंगे। बाद में सरकार जाँच कमीशन बैठाएगी। उसकी असंख्य बैठकें होंगी। उन अंसख्य बैठकों में बिस्किट-भुजिया के हजारों पैकेट खाए जाएँगे। और जब तक जाँच कमीशन की रिपोर्ट आएगी, पता चलेगा कि अकेले उस बिस्किट-भुजिया की खर्च ही पचास लाख से ऊपर चला गया और जिस आदमी पर आरोप लगा था उसके खिलाफ भी कोई सबूत नहीं मिला।

और अगर सरकार इस तरह के विरोध-प्रदर्शनों से होनेवाली फिजूलखर्ची से बचना चाहती है तो उसे भ्रष्टाचार की सीमा तय करते हुए उसे कानूनी मान्यता दे देनी चाहिए। वैसे भी निवेश को लेकर अंतरराष्ट्रीय स्तर पर भारत की छवि अभी अच्छी नहीं है। दुनिया क्या सोचेगी कि जिस देश में कल तक पौने दो-दो लाख के घोटाले हुआ करते थे, आज वो कुछ एक लाख के घोटाले पर हाय तौबा मचा रहा है। हो सकता है कि घोटालों की गिरती रकम देख कोई क्रेडिट एजेंसी फिर से भारत की साख गिरा दे। एक मंत्री तो पहले ही कह चुके हैं कि भ्रष्टाचार के विरुद्ध आंदोलन की वजह से निवेशक भारत से दूर भाग रहे हैं, अगर ऐसा हुआ तो उन्हें सबूत और मिल जाएगा।

□

प्लास्टिक बधाइयाँ!

दीपावली से पहले पुलिस ने जगह–जगह छापेमारी कर नकली मावा, नकली घी और नकली पनीर भारी मात्रा में पकड़ा। मगर वो संगठित अपराधियों की ऐसी जमात नहीं पकड़ पाई जो हर दीपावली लाखों–करोड़ों लोगों का जीना हराम करती है। ये कौम है—मोबाइल मैसेज माफिया की। हर त्योहार से पहले ये लोग हिंदी–अंग्रेजी के सैकड़ों मैसेज फॉरवर्ड कर समाज में हाहाकार मचा देते हैं। घड़ी की सुई के बारह पर पहुँचते ही परिचितों के इनबॉक्सों पर हमला कर देते हैं। जिन लोगों को अंग्रेजी में हाय लिखना नहीं आता, वो तीन–तीन पंक्तियों में शेक्सपियराना अंदाज में बधाई संदेश लिखते हैं। ऐसे संदेश मिलते ही मेरे तन–बदन में आग लग जाती है। दिल करता है कि उसी वक्त स्कूटर पकड़ उस आदमी के घर जाऊँ और उसे चप्पलों से पीटना शुरू कर दूँ। कॉलर पकड़ उसे धमकाऊँ कि आइंदा तुमने ऐसा कोई बनावटी बधाई संदेश फॉरवर्ड किया तो असली बम फेंक तुम्हारी जान ले लूँगा।

मैसेज फॉरवर्ड करने के पीछे भेजनेवाले के छिपे प्यार और मानसिकता को मैं कभी नहीं समझ पाया। दोस्त–रिश्तेदारों को ऐसे निराले संदेश भेज हमें ये थोड़ा ही न बताना है कि अगला निराला मैं ही हूँ। वैसे भी जिसे संदेश भेजा जा रहा है, वो आपका दोस्त या रिश्तेदार ही है न कि कोई बड़ा प्रकाशक, जिसे आप अपनी काव्य–प्रतिभा से चमत्कृत कर किताब छपवाने की भूमिका बाँध रहे हैं। ऐसा ही एक संदेश कहता है—आपकी उम्मीदों का प्रकाश, सफलता का आकाश और लक्ष्मी का वास…जीवन में हो सबसे खास—शुभ दीपावली। मेरा मानना है कि इसके पीछे भावना भले ही नेक है मगर ऐसी तुकबंदी करनेवाले को फौरन बंदी बना लेना चाहिए। ऐसे आकाश, प्रकाश और वास वाले मैसेज मुझे कभी नहीं आते रास। किसी और के भेजे बनावटी संदेश को फॉरवर्ड कर, बिना सामने वाले को

संबोधित किए, भावनाएँ कैसे संप्रेषित हो सकती हैं, यह मेरी समझ से परे हैं।

रैंप पर चलते हुए एक मॉडल अपना पूरा कॅरियर एक अदद प्लास्टिक मुसकान के सहारे निकाल देती है। हिंदी फिल्मों के कितने ही जंपिंग जैक कुछ-एक प्लास्टिक एक्सप्रेशंस के जरिए तीन सौ से ऊपर फिल्में कर गए। असली जैसे दिखनेवाले सैकड़ों-हजारों की तादाद में प्लास्टिक फूल हर दिन सड़कों पर बेचे जाते हैं। मगर जहाँ तक भावनाओं के इजहार की बात है, वहाँ तो हमें इन प्लास्टिक शुभकामनाओं से बचना चाहिए। किसी आयुर्वेदिक या होम्योपैथिक डॉक्टर ने ऐसी हिदायत नहीं दी और न ही कोई वास्तुविद् ऐसा करने के लिए कहता है, शास्त्रों में भी इसका कोई जिक्र नहीं, फिर भी ऐसी प्लास्टिक बधाइयों का कारोबार जोरों पर है। ऐसी प्लास्टिक बधाइयाँ भेजी जा रही हैं और मुसलसल भेजी जा रही हैं। जरूरत है कि पॉलीथिन की तरह इन प्लास्टिक बधाइयों पर भी बैन लगा दिया जाए।

□

एक सलाम भारतीय पुलिस के नाम!

सड़क किनारे जिस रेहड़ी वाले से मैं सब्जी खरीद रहा हूँ, वहीं अचानक एक पुलिसवाला आकर रुकता है। वो इशारे से सब्जीवाले को साइड में बुलाता है। वापस आने पर जब मैं उससे पुलिसवाले के बुलाने की वजह पूछता हूँ, तो वो पहले कुछ हिचकिचाता है। फिर कहता है कि यहाँ खड़े होने के ये (पुलिसवाला) रोज तीस रुपए लेता है। करूँ भी क्या, मेरे पास और कोई चारा भी नहीं है। दुकान यहाँ किराए पर ले नहीं सकता और रेहड़ी लगानी है, तो इन्हें पैसे तो देने ही होंगे।

घर आते समय जब मैं पूरे वाकये को याद कर रहा था तो मन पुलिसवाले के लिए श्रद्धा से भर गया। यही लगा कि आज तक किसी ने पुलिसवालों को ठीक से समझा ही नहीं। हो सकता है कि ऊपर से देखने पर लगे कि पुलिस वाले भ्रष्ट हैं, गरीब रेहड़ीवालों से पैसे ऐंठते हैं, मगर ये कोई नहीं सोचता कि अगर वो वाकई ईमानदारी की कसम खा लें तो इन गुमटी-ठेलेवालों का होगा क्या? पुलिस का ये मिनी भ्रष्टाचार तो लाखों लोगों के लिए रोजगार की वैकल्पिक व्यवस्था है। जो सरकार इतने सालों में इन लोगों के लिए काम-धंधे का बंदोबस्त नहीं कर पाई, उनसे दस-बीस रुपए लेकर यही पुलिसवाले तो इन्हें सँभाल रहे हैं। इतना ही नहीं, जीवन के हर क्षेत्र में पुलिसवाले अपना अमूल्य योगदान दे रहे हैं, मगर हममें से किसी ने आज तक उन्हें सराहा ही नहीं।

मसलन, पुलिसवालों पर अकसर इलजाम लगता है कि वो अपराधियों को पकड़ते नहीं हैं। मगर ऐसा कहनेवाले यह नहीं सोचते कि जितने अपराधी पकड़े जाएँगे, उतनों के खिलाफ मामले दर्ज करने होंगे। जितने मामले दर्ज होंगे, अदालतों पर काम का उतना ही ज्यादा बोझ बढ़ेगा। जबकि हमारी अदालतें तो पहले ही काम के बोझ तले दबी पड़ी हैं। ऐसे में पुलिसवाले क्या मूर्ख हैं, जो और ज्यादा-से-ज्यादा अपराधियों को पकड़ अदालतों का बोझ बढ़ाएँ। लिहाजा, पुलिसवाले

या तो अपराधियों को पकड़ते ही नहीं और पकड़ भी लें तो अदालत के बाहर ही मामला सैटल कर उन्हें छोड़ दिया जाता है।

गांधीजी ने कहा था कि अपराध से घृणा करो, अपराधी से नहीं। हमारे पुलिसवाले भी ऐसा ही सोचते हैं। यही वजह है कि अपनी जुबान और आचरण से वो हमेशा कोशिश करते हैं कि पुलिस और अपराधी में भेद ही खत्म कर दें। इस हद तक कि सुनसान रास्ते पर खूँखार बदमाश और पुलिसवाले को एक साथ देख लेने पर कोई भी लड़की बदमाश से ये गुहार लगाए कि प्लीज, मुझे बचा लो। मेरी इज्जत को खतरा है। यही वजह है कि पुलिसवाले अपने शब्दकोश में ऐसे शब्दों का ज्यादा इस्तेमाल करते हैं, जो किसी शब्दकोश में नहीं मिलते। सिर्फ इसलिए कि पुलिसवाले से पाला पड़ने के बाद अगर किसी का गुंडे-मवाली से संपर्क हो तो उसके भाषाई संस्कारों को लेकर किसी को कोई शिकायत न हो। उलटे लोग उसकी बात सुनकर यही पूछें कि क्या आप पुलिस में है?

दोस्तो, हम सभी जानते हैं कि निर्भरता आदमी को कमजोर बनाती है। ये बात पुलिसवाले भी अच्छे से समझते हैं। यही वजह है कि वो चाहते हैं कि देश का हर आदमी सुरक्षा के मामले में आत्मनिर्भर बने। तभी तो सूचना मिलने के बावजूद हादसे की जगह न पहुँच, रात के समय पेट्रोलिंग न कर, बहुत से इलाकों में खुद गुंडों को शह दे वो यही संदेश देना चाहते हैं कि सवारी अपनी जान की खुद जिम्मेदार है। सालों की मेहनत के बाद आज पुलिस महकमे ने अगर अपनी गैर-जिम्मेदार छवि बनाई है तो सिर्फ इसलिए कि देश की जनता सुरक्षा के मामले में आत्मनिर्भर हो पाए। हम भले ही ये मानते हों कि कानून-व्यवस्था राज्य का विषय है मगर पुलिस के मुताबिक वो हमारा निजी विषय है।

अब आप ही बताइए दोस्तो, ऐसी पुलिस जो गरीब तबके को रोजगार मुहैया कराए, अदालतों का बोझ कम करे, सुरक्षा के मामले में जनता को आत्मनिर्भर होने की प्रेरणा दे और अपराधियों के प्रति सामाजिक घृणा कम करने के लिए खुद अपराधियों सा सलूक करे, क्यों, आखिर क्यों ऐसी, पुलिस को हम वो सम्मान नहीं देते जिसकी वो सालों से हकदार है!

□

महँगाई पीड़ित लेखक का खत

संपादक महोदय,

नमस्कार!

पिछले दिनों महँगाई पर आपके यहाँ काफी कुछ पढ़ा। कितने ही संपादकीयों में आपने इसका जिक्र किया। लोगों को बताया कि किस तरह सरिया, सब्जी, सरसों का तेल सब महँगे हुए हैं और इस महँगाई से आम आदमी कितना परेशान है। ये सब छापकर आपने जो हिम्मत दिखाई है, उसके लिए साधुवाद। हिम्मत इसलिए कि ये सब कह आपने अनजाने में ही सही, अपने स्तंभकारों के सामने ये कबूल तो किया कि महँगाई बढ़ी है।

2005 में महँगाई दर 2 फीसदी थी, तब आप मुझे एक लेख के चार सौ रुपए दिया करते थे, यही दर अब 10 फीसदी हो गई है लेकिन अब भी मैं चार सौ पर अटका हूँ। आप ये तो मानते हैं कि भारत में महँगाई बढ़ी है, मगर ये क्यों नहीं मानते कि मैं भारत में ही रहता हूँ! आपको क्या लगता है कि मैं थिंफू में रहता हूँ और वहीं से रचनाएँ फैक्स करता हूँ, बौद्ध भिक्षुओं के साथ सुबह-शाम योग करता हूँ, फल खाता हूँ, पहाड़ों का पानी पीता हूँ और रात को 'अनजाने में हुई भूल' के लिए ईश्वर से माफी माँगकर सो जाता हूँ!

या फिर आपकी जानकारी में मैं हवा-पानी का ब्रांड एंबेसेडर हूँ, जो यहाँ-वहाँ घूमकर लोगों को बताता है कि मेरी तरह आप भी सिर्फ हवा खाकर और पानी पीकर जिंदा रह सकते हैं। महोदय, यकीन मानिए मैंने अध्यात्म वक्त-बेवक्त उठनेवाली तमाम इच्छाओं को एके 47 से चुन-चुनकर भून डाला है। फिर भी भूख लगने की जैविक प्रक्रिया और कपड़े पहनने की दकियानूसी सामाजिक परंपरा के हाथों मजबूर हूँ। ये सुनकर सिर शर्म से झुक जाता है कि आलू जैसों के दाम चार रुपए से बढ़कर बीस रुपए किलो हो गए, मगर मैं वहीं का वहीं हूँ। सोचता हूँ,

क्या मैं आलू से भी गया-गुजरा हूँ? आप कब तक मुझे सब्जी के साथ मिलनेवाला 'मुफ्त धनिया' मानते रहेंगे? अब तो धनिया भी सब्जी के साथ मुफ्त मिलना बंद हो गया है।

नमस्कार।

इसके बाद लेखक ने खत संपादक को भेज दिया। बड़ी उम्मीद में दो दिन बाद उनकी राय जानने के लिए फोन किया। 'श्रीमान्, आपको मेरी चिट्ठी मिली?', 'हाँ, मिली।', 'अच्छा तो क्या राय है आपकी?', 'हूँ...बाकी सब तो ठीक है, मगर प्रूफ की गलतियाँ बहुत हैं, कम-से-कम भेजने से पहले एक बार पढ़ तो लिया करो!'

□

द ग्रेट इंडियन वैडिंग तमाशा

ये मेरे मित्र की मति का शहादत दिवस है। आज वो शादी कर रहा है। मैं तय समय से एक घंटे बाद सीधे विवाहस्थल पहुँचता हूँ, मगर लोग बताते हैं कि बारात आने में अभी आधा घंटा बाकी है। मैं समझ जाता हूँ कि शादी पूरी भारतीय परंपरा के मुताबिक हो रही है। तभी मेरी नजर कन्या पक्ष की सुंदर और आंशिक सुंदर लड़कियों पर पड़ती है। सभी मेकअप और गलतफहमी के बोझ से लदी पड़ी हैं। इस इंतजार में कि कब बारात आए और वर पक्ष का एक-एक लड़का खाने से पहले, उन्हें देख गश खाकर बेहोश हो जाए।

इस बीच ध्वनि प्रदूषण के तमाम नियमों की धज्जियाँ उड़ाती हुई बारात पैलेस के मुख्य द्वार तक पहुँचती है। ये देख कि उनके स्वागत में दस-बारह लड़कियाँ मुख्य द्वार पर खड़ी हैं, नाच-नाचकर लगभग बेहोश हो चुके दोस्त, फिर उसी उत्साह से नाचने लगते हैं। किराए की शेरवानी में घोड़ी पर बैठा मित्र पुराने जमाने का दरबारी कवि लग रहा है। उम्र को झुठलाती कुछ आंटियाँ सजावट में घोड़ी को सीधी टक्कर दे रही हैं और लगभग टुन्न हो चुके कुछ अंकल, जो पैरों पर चलने की स्थिति में नहीं हैं, धीरे-धीरे हवा के वेग से मैरिज हॉल में प्रवेश करते हैं।

अंदर आते ही बारात का एक बड़ा हिस्सा फूड स्टॉल्स पर धावा बोल देता है। मुख्य खाने से पहले ज्यादातर लोग स्नैक्स के स्टॉल का रुख करते हैं। मगर पता चलता है कि वो तो बारात आने से पहले ही लड़की वालों ने निपटा दीं। ये सुन कुछ आंटियों की बाँछें खिल जाती हैं। उन्हें अगले दो घंटे के लिए मसाला मिल गया। वो चुन-चुनकर व्यवस्था से कीड़े निकालने लगती हैं। एक को मैरिज हॉल नहीं पसंद आया तो दूसरी को लड़की का लहँगा। मगर मैं देख रहा हूँ इन बुराइयों में एक सुकून भी है। ये निंदारस उन्हें उस अमरस से ज्यादा आनंद दे रहा

है, जिसका आने के बाद से वो चौथा गिलास पी रही हैं।

इस बीच स्नैक्स न मिलने से मायूस लोग बिना वक्त गँवाए मुख्य खाने की तरफ लपकते हैं। एक प्लेट में सब्जियाँ, एक में रोटी। फिर भी चेहरे पर अफसोस है कि ये प्लेट इतनी छोटी क्यों है? कुछ का बस चलता तो घर से परात ले आते। कुछ पैंट की जेब में डाल लेते। खाते-खाते कुछ लोग बच्चों को लेकर परेशान हो रहे हैं। भीड़ की आक्रामकता देख उन्हें लगता है कि पंद्रह मिनट बाद यहाँ कुछ नहीं बचेगा। बच्चा कहीं दिखाई नहीं दे रहा। मगर उसे ढूँढ़ने जाएँ भी तो कैसे··कुरसी छोड़ी तो कोई ले जाएगा। या तो बच्चा ढूँढ़ लें या कुरसी बचा लें। इसी कशमकश में उन्हें डर सताता है कि वो शगुन के पैसे पूरे कर भी पाएँगे या नहीं। उनका नियम है हर बारात में सौ का शगुन डालकर दो सौ का खाते हैं; मगर लगता है कि आज ये कसम टूट जाएगी।

तभी वहाँ खलबली मचती है। कुछ लोग गेट की तरफ भागते हैं। पता चलता है कि लड़के के फूफा किसी बात पर नाराज हो गए हैं। दरअसल, उन्होंने वेटर को पानी लाने के लिए कहा था, मगर जब दस मिनट तक पानी नहीं आया तो वो बौखला गए। दोस्त के पापा, चाचा और बाकी रिश्तेदार फूफा के पीछे पानी लेकर गए हैं। पीछे से किसी रिश्तेदार की आवाज सुनाई पड़ती है—इनका तो हर शादी-ब्याह में यही नाटक होता है। जाने दो, जाते हैं तो अभी आ भी जाएँगे। जितना मनाओगे, उतने नखरे करेंगे।

झगड़े की जरूरी रस्म अदायगी के बाद समारोह आगे बढ़ता है। कुछ देर में फेरे शुरू हो जाते हैं। मंडप में पंडितजी इनडायरेक्ट स्पीच में बता रहे हैं कि कन्या पत्नी बनने से पहले तुमसे आठ वचन माँगती है। अगर मंजूर हो तो हर वचन के बाद तथास्तु कहो। जो वचन वो बता रहे हैं, उनके मुताबिक लड़के को अपना सारा पैसा, अपनी सारी अक्ल या कहूँ कि सारा वजूद कन्या के हवाले करना होगा। फिर एक जगह कन्या कहती है, अगर मैं कोई पाप करती हूँ, तो उसका आधा हिस्सा तुम्हारे खाते में जाएगा, और तुम जो पुण्य कमाओगे उसमें से आधा हिस्सा मुझे देना होगा··बोलो मंजूर है? मित्र आसपास नजर दौड़ाता है। लगता है, वही दरवाजा ढूँढ़ रहा है जहाँ से कुछ देर पहले फूफाजी भागे थे!

□

सरकारी लापरवाहियों का सौंदर्यशास्त्र

कुछ दिन पहले मध्य प्रदेश के एक सरकारी स्कूल में मिड डे मील में मेढक मिला, जिस पर खूब हाय-तौबा मची। जिम्मेदार लोगों के खिलाफ कारवाई की बात की गई। स्कूल बंद करवाने की माँग तक उठी। इससे पहले कि मैं मेढक की प्रजाति और मेन्यू में आई तब्दीली पर विचार करता, एक और धमाका हो गया। झारखंड के एक राजकीय स्कूल में मिड डे मील में साँप पाया गया और इंदौर के एक स्कूल में छिपकली। मैं सोचने लगा कि कैसा दिलचस्प नजारा है। बारहवीं में साइंस स्टूडेंट छाती पीट-पीट मर जाते हैं कि सर, प्रैक्टिस के लिए मेढक दिलवा दो, मगर नहीं मिलता। देश भर के सपेरे जंगलों में सीसीटीवी कैमरे लगा डिजिटल बीन की धुन पर साँप खोजते हैं, पर नहीं ढूँढ पाते। और इत्तफाक देखिए कि वो मिड डे मील की थाली में मिल जाते हैं। साग की जगह साँप और मटर की जगह मेढक। सरकार कहती है कि हम मुंबई को शंघाई बना देंगे, विकास दर को चीन के बराबर ले आएँगे। मुझे लगता है और किसी मामले में हम चीन बनें न बनें, साँप और मेढक डाल अपनी थाली को जरूर चीनी थाली बना देंगे। और ऐसा हुआ तो आनेवाले दिनों में कछुआ और खरगोश बच्चों को कहानियों में ही नहीं, खाने की थाली में भी मिलेंगे।

दोस्तो, सवाल थाली और उस पर पड़नेवाली गाली का नहीं है, बल्कि उससे आगे सरकारी लापरवाहियों के हुस्न का है। मैं देखता हूँ कि इन लापरवाहियों में भी खास तरह की सतर्कता बरती जाती है। मसलन, साँप की जगह खाने में मछली भी तो निकल सकती थी। चूँकि मछली हमारे यहाँ खाई जाती है, इसलिए नहीं निकली। उसी तरह मेढक की जगह मुरगा भी निकल सकता था। अब मुरगा चूँकि बच्चों को बनाया जाता है, खिलाया नहीं, इसलिए नहीं निकला।

हमारे मोहल्ले में एक दुकानदार हुआ करते थे। उनका नाम था—बनवारी

लाल। सौदा देने के बाद अकसर वो बाकी पैसों में हेर-फेर करते थे। एक बार मैंने शिकायत की तो कहने लगे—बेटा, चूक हो जाती है। मैंने कहा—लालाजी, हमेशा कम की चूक क्यों होती है, ज्यादा की तो नहीं होती। गलती से कभी चालीस की बजाय एक सौ चालीस तो नहीं लौटाए। खिंचाई के बाद लालाजी सतर्क हो गए। इसके बाद उन्होंने ऐसी बदमाशी नहीं की।

मगर सरकारी तंत्र में जो बनवारी लाल बैठे हैं, उनकी खाल थोड़ी मोटी है। अपनी अल्प समझ से मैं कभी नहीं जान पाया कि बिजली के बिल हमेशा गलती से ज्यादा ही क्यों आते हैं, गलती से कम भी तो आ सकते हैं। गरीब किसान को मुआवजे का चैक कम क्यों मिलता है, ज्यादा का भी तो मिल सकता है। ये किस ग्रह की बदमाशी है, जो गरीब आदमी को राशन की दुकान से लाल गेहूँ तो दिलवाती है, मगर धरती के इस गरीब लाल को बासमती चावल नहीं दिलाती। गलती से भी इस तंत्र से ऐसी कोई गलती क्यों नहीं होती, जो जनता को फलती हो, मसलती न हो। इसलिए मैं चाहता हूँ कि इस पूरे तंत्र का नार्को टेस्ट करवा यह पता लगाया जाए कि इसके अवचेतन मन की आखिर कौन सी बुनावट है, जो इसे भूलकर भी अपना नुकसान और जनता का भला नहीं करने देती।

मैं सरकार से गुजारिश करता हूँ कि अब से हर गलती की सफाई में वो भूलवश के बजाए भूलवंश शब्द का इस्तेमाल करे, क्योंकि यहाँ गलतियाँ व्यक्तिगत नहीं, वंशवादी समस्या हैं। सरकारी तंत्र का लापरवाह वंश। और यह वंश सरकार के गठन में हो या सरकारी तंत्र के चलन में, इस देश में हमेशा से रहा है।

□

इस शहर में हम भी भेड़ें हैं

ब्लूलाइन में घुसते ही मेरी नजर जिस शख्स पर पड़ी है, बस में उसका डेजिगनेशन कंडक्टर का है। पहली नजर में ही मैं जान गया हूँ कि सफाई से इसका विद्रोह है और नहाने के सामंती विचार में इसकी कोई आस्था नहीं। सुर्ख होंठ उसके तंबाकू प्रेम की गवाही दे रहे हैं और बढ़े हुए नाखून भ्रम पैदा करते हैं कि शायद इसे 'नेलकटर' के आविष्कार की जानकारी नहीं।

इससे पहले कि मैं सीधा होऊँ वो चिल्लाता है—टिकट। मुझे गुस्सा आता है—भइया, तमीज से तो बोलो। वो उखड़ता है—तमीज से ही तो बोल रहा हूँ। अब मुझे गुस्सा नहीं, तरस आता है। किसी ने तमीज के बारे में शायद उसे 'मिसइन्फॉर्म' किया है!

टिकट ले बस में मैं अपने अक्षांश-देशांतर समझने की कोशिश कर ही रहा हूँ कि वो फिर तमीज से चिल्लाता है—आगे चलो। मैं हैरान हूँ ये कौन सा 'आगे' है, जो मुझे दिखाई नहीं दे रहा। आगे तो एक जनाब की गरदन नजर आ रही है। इतने में पीछे से जोर का धक्का लगता है। मैं आँख बंद कर खुद को धक्के के हवाले कर देता हूँ। आँख खोलता हूँ तो वही गरदन मेरे सामने है। लेकिन मुझे यकीन है कि मैं आगे आ गया हूँ, क्योंकि कंडक्टर के चिल्लाने की आवाज अब पीछे से आ रही है!

कुछ ही पल में मैं जान जाता हूँ कि साँस आती नहीं, लेनी पड़ती है, मैं साँस लेने की कोशिश कर रहा हूँ, मगर वो नहीं आ रही। शायद मुझे ऑक्सीजन सिलेंडर घर से लाना चाहिए था। लेकिन यहाँ तो मेरे खड़े होने की जगह नहीं, सिलेंडर कहाँ रखता।

मैं देखता हूँ कि लेडीज सीटों पर कई जेंट्स बैठे हैं। महिलाएँ कहती हैं कि भाईसाहब खड़े हो जाओ, मगर वो खड़े नहीं होते। उन्होंने जान लिया है कि बेशर्मी

से जीने के कई फायदे हैं। वैसे भी 'भाईसाहब' कहने के बाद तो वो बिलकुल खड़े नहीं होंगे। कुछ पुरुष महिलाओं से भी सटे खड़े हैं और मन-ही-मन 'भारी भीड़' को धन्यवाद दे रहे हैं!

इस बीच ड्राइवर अचानक ब्रेक लगाता है। मेरा हाथ किसी के सिर पर लगता है। वो चिल्लाता है, ढंग से खड़े रहो। आशावाद की इस विकराल अपील से मैं सहम जाता हूँ। पचास सीटों वाली बस में ढाई सौ लोग भरे हैं और ये जनाब मुझसे 'ढंग' की उम्मीद कर रहे हैं। मैं चिल्लाता हूँ—जनाब, आपको किसी ने गलत सूचना दी है। मैं सर्कस में रस्सी पर चलने का करतब नहीं दिखाता। वो चुप हो जाता है। बाकी के सफर में उसे इस बात की रीजनिंग करनी है।

बस की इस बेबसी में मेरे अंदर अध्यात्म जागने लगा है। सोच रहा हूँ कि पुनर्जन्म की थ्योरी सही है। हो-न-हो, पिछले जन्म के कुकर्मों की सजा इनसान को अगले जन्म में जरूर भुगतनी पड़ती है। लेकिन तभी लगता है कि इस धारणा का उजला पक्ष भी है। अगर मैं इस जन्म में भी पाप कर रहा हूँ तो मुझे घबराना नहीं चाहिए···ब्लूलाइन के सफर के बाद नरक में मेरे लिए अब कोई सरप्राइज नहीं हो सकता!

बहरहाल, स्टैंड देखने के लिए गरदन झुकाकर बाहर देखता हूँ। बाहर काफी ट्रैफिक है। कुछ समझ नहीं पा रहा कि कहाँ हूँ। तभी मेरी नजर भेड़ों से भरे एक ट्रक पर पड़ती है। एक साथ कई भेड़ें बड़ी उत्सुकता से बस देख रही हैं। एक पल के लिए लगा, शायद मन-ही-मन वो सोच रही हैं···भेड़ें तो हम हैं!

□

स्नानवादियों के खिलाफ श्वेतपत्र

टीवी खोलते ही जिस चैनल पर मैं रुका हूँ वो हरिद्वार से सीधी तसवीरें दिखा रहा है। हड्डियाँ कँपा देनेवाली ठंड में लोग पवित्र स्नान कर रहे हैं। एंकर बताती है कि सुबह चार बजे से ही यहाँ स्नान करनेवालों का ताँता लगा है। देशभर से लाखों लोग पवित्र स्नान करने पहुँचे हैं। मैं सोचता हूँ कि इस जानलेवा सर्दी में मेरी बिस्तर से निकलकर बाथरूम जाने की हिम्मत नहीं और ये लोग नहाने के लिए हरिद्वार चले गए हैं! ये देख हरिद्वार से तीन सौ किलोमीटर दूर मुझे अपने घर में ठंड लगने लगी है। मैं मंकी कैप पहन लेता हूँ। मुझे चैनल पर गुस्सा आता है। वो बिना किसी पूर्व चेतावनी के ये सब दिखा रहा है। न स्क्रीन पर लिखा आ रहा है और न एंकर आगाह कर रही है, कृपया कमजोर दिल वाले न देखें, तसवीरें आपको विचलित कर सकती हैं। अक्षय कुमार के विज्ञापन की तरह कहीं चेतावनी भी नहीं आ रही है कि यह स्टंट (नहाने का) पेशेवर लोगों की तरफ से किया गया है, कृपया इसे घर पर आजमाने की कोशिश न करें!

और जैसे ये सब लोगों को डराने के लिए काफी न हो, तभी टीवी पर पंडितजी प्रकट होते हैं। वो बताते हैं कि आज सूर्यग्रहण लग रहा है और ग्रहण की तीनों अवस्थाओं—स्पर्श काल, मध्य काल और मोक्ष काल के दौरान आप जरूर नहाएँ। मतलब, तीन घंटे के ग्रहण के दौरान तीन बार नहाएँ। मेरी याददाश्त पर अगर न नहाने के कारण धूल नहीं जमी, तो मुझे नहीं लगता कि मैं कभी पूरी सर्दी में भी तीन बार नहाया हूँ। मेरे लिए तो कुंभ और नहाने में एक ही समानता है और वो है, दोनों का बारह वर्ष बाद आना। मगर पंडित चाहते हैं कि मैं तीन घंटे में ही छत्तीस साल का कोटा पूरा कर लूँ। मेरी समझ से परे है कि जिस शब्द के पहले न है और बाद में न, उस पर हाँ करवाने के लिए ये दुनिया क्यों तुली हुई है?

और छुट्टी वाले दिन तो आप इस जालिम दुनिया से जैसे-तैसे बच भी

जाएँ, मगर आम दिनों में ऑफिस के स्नानवादी आपका पीछा नहीं छोड़ते। तकरीबन हर ऑफिस में ऐसे स्नानवादी जबरदस्ती मॉनिटरिंग का जिम्मा उठा लेते हैं। जैसे ही सुबह कोई ऑफिस आया, ये उन्हें ध्यान से देखते हैं, फिर जरा सा शक होने पर सरेआम चिल्लाते हैं—क्यों? आज नहाकर नहीं आए क्या? सामनेवाला भी सहम जाता है—अबे, पकड़ा गया। वो बजाय ऐसे सवालों को इग्नोर करने के, सफाई देने लगता है। नहीं-नहीं, नहाकर तो आया हूँ। बिजली गई हुई थी बल्कि आज तो ठंडे पानी से नहाना पड़ा।

लानत है ऐसे डिफेंस पर और ऐसी 'गिल्ट' पर। सवाल उठता है कि न नहाने पर ऐसी शर्मिंदगी क्यों? जिस पानी से हाथ धोने की हिम्मत नहीं पड़ रही। क्या मजबूरी है कि उससे नहाया जाए। एक तरफ प्रकृतिवादी कहते हैं कि नेचर से छेड़छाड़ मत करो और दूसरी तरफ बर्फीले पानी को गरम कर नहाने की गुजारिश करते हैं। आखिर ऐसा सेल्फ टॉर्चर क्यों? क्यों हम ऊपर वाले की अक्ल को इतना अंडरएस्टिमेट करते हैं? उसने सर्दी बनाई ही इसलिए है कि उसकी 'प्रिय संतान' को नहाने से ब्रेक मिले। सर्दी में नहाना जरूरत नहीं, एडवेंचर है। अब इस कारनामे को वही अंजाम दें, जिन्हें एडवेंचर स्पोर्ट्स में इंटरेस्ट है।

मगर जनाब, नहाने की महिमा बतानेवाले बड़े ही खतरनाक लोग हैं। ये लोग अकसर ग्रुप में काम करते हैं। जैसे ही इन्हें पता चला कि फलाँ आदमी नहाकर नहीं आया, लगे उसे मैंटली टॉर्चर करने। बात उनसे नहीं करेंगे, लेकिन मुखातिब उन्हीं से होंगे।

मसलन, भले ही कितनी सर्दी हो, हम एक भी दिन बिना नहाए नहीं रह सकते। दूसरा एक कदम आगे निकलता है। तुम तो रोज नहाने की बात करते हो। हम तो भैया रोज नहाते हैं और वो भी ठंडे पानी से। साला एकाध डिब्बे में तो जान निकलती है, फिर कुछ पता नहीं चलता। सारा दिन बदन में चीते सी फुरती रहती है। अब वो बेचारा जो नहाकर नहीं आया, उसे इनकी बातें सुनकर ही ठंड लगने लगती है। उसका दिल करता है फौरन बाहर जाकर धूप में खड़ा हो जाऊँ।

मगर मुझे ये सब देख-सुनकर बड़ी तकलीफ होती है। एक गरीब मुल्क का इससे बड़ा दुर्भाग्य और क्या होगा कि उसके धरतीपुत्र अपनी अनमोल विलपावर सर्दी में नहाकर वेस्ट करें। इसी विलपावर से कितने ही पुल बनाए जा सकते हैं, कितनी ही महान् कृतियों की रचना की जा सकती है। लेकिन नहीं, हम ऐसा कुछ नहीं करेंगे। हम तो चार डिब्बे ठंडे पानी डालकर ही गौरवान्वित होंगे।

नहाने में आस्था न रखनेवाले प्यारे दोस्तो, वक्त आ गया है कि तुम काउंटर

अटैक करो। देश में पानी की कमी के लिए इन नहानेवालों को जिम्मेदार ठहराओ। किसी भी झूठ-मूठ की रिपोर्ट का हवाला देते हुए लोगों को बताओ कि सिर्फ सर्दी में न नहाने से देश की चालीस फीसदी जल समस्या दूर हो सकती है। अपनी बात को मजबूती से रखने के लिए एक मंच बनाओ। वैसे भी मंच बनने के बाद इस देश में किसी भी मूर्खता को मान्यता मिल जाती है। प्रिय मित्रो, जल्दी ही कुछ करो। इससे पहले कि एक और सर्दी शर्मिंदगी में निकल जाए!

□

राजनीतिक दलों में उठी एफडीआई की माँग

रिटेल सेक्टर में एफडीआई की मंजूरी के बाद जिस तरह की राजनीति हो रही है, उससे आम आदमी तंग आ चुका है। वो माँग कर रहा है कि क्यों न राजनीति में भी एफडीआई को मंजूरी दे दी जाए, ताकि अमेरिका की डेमोक्रेट और इंग्लैंड की लेबर पार्टी भारत में आकर वैसे ही अपनी गतिविधियाँ संचालित कर पाएँ, जैसे वॉलमार्ट या अन्य रिटेल कंपनियाँ भविष्य में करेंगी।

जो लोग राजनीति में एफडीआई की बात कर रहे हैं, उनके पास अपने तर्क हैं। इस बारे में मैंने प्रमुख राजनीतिक चिंतक दिलीप शूरवीर से बात की तो उनका कहना था—"देखिए, जब ये कहा जाता है कि भारत में राजनीति धंधा हो गई तो हमारा मतलब होता है कि राजनीति में हर आदमी पैसा बनाने आता है और उसे किसी के नफे-नुकसान की कोई फिक्र नहीं होती।

दूसरा, अगर आप राजनीतिक दलों पर नजर डालें तो पाएँगे कि हर जगह बाप की विरासत को बेटा या बाकी रिश्तेदार सँभाल रहे हैं। कांग्रेस से लेकर समाजवादी पार्टी और शिवसेना से लेकर डीएमके तक, हर पार्टी में यही नजारा है। इस रूप में ये पार्टियाँ राजनीतिक दल न होकर राजनीति की दुकानें हैं और पार्टी अध्यक्ष का पद वो गल्ला है, जिसे बाप के बाद बेटा सँभालता है।

जैसे मिठाई की, जूस की, किराने की, नाई की दुकान होती है, उसी तरह अलग-अलग पार्टियों के रूप में हिंदुस्तान में राजनीति की भी बहुत सारी दुकानें हैं। इसलिए मेरा मानना है कि अगर रिटेल सैक्टर में विदेशी कंपनियों को आने की इजाजत दी जा रही है, तो विदेशी राजनीतिक दलों को भी मौका मिलना चाहिए।

वैसे भी एक ग्राहक के नाते हमारे लिए जितना जरूरी उचित कीमत और अच्छी क्वालिटी की चायपत्ती खरीदना है, उससे कहीं ज्यादा जरूरी है अपने लिए ईमानदार और सक्षम राजनेता चुनना। चाय का पैकेट तो फिर भी दस दिन में नया ला

सकते हैं, मगर एक बार खराब नेता चुन लिया तो पाँच साल तक पछताना पड़ेगा।

इस पर जब मैंने उनसे पूछा कि मगर विदेशी जब भारत आएँगे तो क्या हमारी जनता उन्हें स्वीकार करेगी, वो तो हमारी भाषा तक नहीं जानते? तो श्री शूरवीर ने कहा—देखिए पिछले डेढ़ दशक की हमारी राजनीति ने ये साबित किया है कि विदेशी मूल हमारे लिए कोई मुद्दा नहीं है। रही बात भाषा की तो जैसे हमारे बहुत से नेता रोमन में लिखा भाषण हिंदी में पढ़ते हैं, उसी तरह विदेशी राजनेता भी पढ़ लेंगे।

मगर क्या इस तरह का भाषण जनता को समझ आएगा और भाषण ही समझ नहीं आएगा तो फिर आम आदमी अपने नेता से संवाद कैसा करेगा?

श्री शूरवीर (हँसते हुए)—देखिए श्रीमानजी, गंभीर बात करते-करते अब आप मजाक पर उतर आए हैं। अगर हमारे नेता जनता से संवाद करते होते तो राजनीति में एफडीआई की माँग उठती ही क्यों? वैसे भी बात कर आम आदमी नेताओं को अपनी हालत ही बताएगा और जो हालत उन्हें इतने सालों में देखकर समझ नहीं आ रही है, वो बात करने से भला ज्यादा कैसे समझ आ जाएगी!

सशर्त समर्थन को तैयार

बहरहाल, राजनीति में एफडीआई के बारे में जब हमने एक नेताजी से उनकी प्रतिक्रिया ली तो उनका कहना था कि कोई भी चीज एकतरफा नहीं होती। अगर विदेशी राजनीतिक दल भारत आना चाहते हैं तो उनका स्वागत है, मगर हमारी पार्टियों को भी वहाँ न सिर्फ जाने की, बल्कि अपने तरीके से राजनीति करने की इजाजत दी जाए!

मसलन, अगर हमारी पार्टी की लॉस एंजेलिस में कोई सभा है तो हमें छूट मिले कि हम न्यूयॉर्क से ट्रॉलियों में लोगों को भरकर लॉस एंजेलिस ला सकें। चुनाव जीतने के बाद लंदन के हर गली-चौराहे पर अपनी मूर्तियाँ स्थापित कर सकें, यूरोपियन यूनियन की मजबूती के लिए स्पेन से लेकर फ्रांस तक रथ यात्रा निकाल सकें, और तो और बारबाडोस और मालदीव में जब चाहें भारतीय मूल के किसी दलित परिवार के घर धावा बोलकर खाना खा सकें।

अब अगर वो अपने-अपने देशों में भारतीय नेताओं को ये सब गुल खिलाने देने के लिए तैयार हैं तो जब चाहें भारत आकर हमसे दो-दो हाथ कर सकते हैं! □

नो पुडिंग-सेट, प्लीज!

इंटरनेट से कॉपी किए बनावटी बधाई संदेशों के अलावा अगर कोई चीज दीवाली पर सबसे ज्यादा फॉरवर्ड की जाती है तो वो है पुडिंग-सेट यानी काँच की छह कटोरियाँ। सोहन अपने दोस्त मोहन को पुडिंग-सेट गिफ्ट करता है, मोहन उसे अपनी बुआ के लड़के रमेश को, रमेश मौसी के लड़के महेश को, महेश अपने बॉस दिनेश को और दिनेश उसे अपनी कामवाली बाई कमलेश को थमा जान छुड़ा लेता है। एक प्रकार से एक ही डिब्बा गली-गली, मोहल्ले-मोहल्ले, एक शहर से दूसरे शहर होता हुआ धरती से चाँद जितना लंबा सफर तय कर लेता है, मगर कभी खोला नहीं जाता। खोला जाए भी क्यों?

एक सर्वे के मुताबिक औसतन चार लोगों के भारतीय परिवार में नहाने के लिए तौलिए भले ही दो हों, मगर पुडिंग-सेट आठ-आठ मिल जाएँगे। और ये सब भी कालांतर में अलग-अलग दीवालियों पर नाना प्रकार के रिश्तेदारों से मिले होते हैं।

इतिहासकार साफ-साफ तो नहीं बताते कि भारत में दीवाली पर पुडिंग-सेट देने की शुरुआत कब हुई, मगर हर सवा सौ-डेढ़ सौ साल का आदमी ये कहता जरूर मिल जाएगा कि जनाब, ये सब तो हम 'बचपन' से देख रहे हैं।

अपुष्ट, लेकिन शुरुआती जानकारी तो ये भी है कि डौंडियाखेड़ा गाँव में चल रही खुदाई में अब तक सोना तो नहीं मिला, लेकिन हजारों की तादाद में गिफ्ट रैप चढ़े पुडिंग-सैट जरूर मिले हैं। जानकारों का मानना है कि बहुत मुमकिन है कि दीवाली के मौके पर स्थानीय निवासी प्यार से राजा को पुडिंग-सेट देते रहे हों और वो गरीब कभी समझ ही न पाया हो कि इन सबका क्या करूँ?

वक्त आ गया है कि पुडिंग-सेट की इस परंपरा को गैरजमानती अपराध की श्रेणी में डाला जाए और इसे खरीदनेवालों को मौका-ए-वारदात पर ही चप्पलों से

पीटा जाए। साथ ही मोहल्लों के बाहर 'पुडिंग-सेट डिटेक्टर' मशीनें लगाई जाए, ताकि पुडिंग-सेट देने की योजना बना रहे किसी भी संदिग्ध को गली के बाहर ही रोका जा सके। सोचता हूँ कि मूर्ति बनाने के लिए नेताजी लोहे की जगह अगर हर घर से पुडिंग-सेट माँगते तो शायद हिमालय से भी ऊँची काँच की प्रतिमा बनाई जा सकती थी।

□

फिक्सिंग से हो सकती है सारी समस्याएँ फिक्स!

जब से सट्टेबाजी का मामला सामने आया है लोग शिकायत कर रहे हैं कि जो खिलाड़ी वैसे ही इतना घटिया खेलते हैं, उन्हें घटिया खेलने के लिए ही अलग से पैसे देने की क्या जरूरत थी। अगर उन्हें पैसे देने ही थे तो ये कहकर दिए जाते कि अगर तुम बढ़िया खेलने का वादा करो, तो तुम्हें हम इतने लाख दे देंगे। मगर ऐसा नहीं किया गया। उलटा उन खिलाड़ियों को अंडर परफॉर्म करने को कहा गया जो बेचारे वैसे ही परफॉर्म नहीं कर पा रहे थे, और यही सारी समस्या की भी जड़ है।

मेरा मानना है कि किसी भी बुराई को तब तक सामाजिक मान्यता नहीं मिल सकती जब तक कि उसका कोई बड़ा सामाजिक सरोकार न हो। मसलन, हर कोई जानता है कि शराब खराब चीज है मगर फिर भी आज तक यह ज्यादातर जगहों पर प्रतिबंधित नहीं है। कारण, पीने वालों को इसमें मजा आता है और सरकार को बड़े लेवल पर रेवन्यू मिलता है। सरकार ये कहकर उस पर प्रतिबंध नहीं लगाती कि इससे मिलनेवाले पैसे से वो तमाम तरह की जनकल्याणकारी योजनाएँ चलाती है।

ठीक इसी तर्ज पर अगर सट्टेबाजी को भी सामाजिक सरोकारों से जोड़ दिया जाए तो फिर किसी को इस पर कोई हर्ज नहीं होगा। मसलन, जिस तेज गेंदबाज के रनअप के साथ दिक्कत है और वो बार-बार नो बॉल करता है, सट्टेबाज उसे लालच दें कि अगर तुमने फलाँ मैच में एक भी नो बॉल नहीं किया, तो तुम्हें पचास लाख दिए जाएँगे। अब लालच जब आदमी से बुरे काम करवा सकता है तो अच्छे भी करवाने का माद्दा रखता है। पैसों के लालच में गेंदबाज अपनी जी जान लगा देगा और एक भी नो बॉल नहीं फेंकेगा।

इस तरह नो बॉल न फेंकने से उसकी अपनी छवि तो सुधरेगी ही, टीम को भी फायदा होगा; और जो-जो लोग उस टीम को समर्थन कर रहे होंगे वो भी खुश होंगे। रही बात सट्टेबाजों की तो वो भी एक ऐसे गेंदबाज, जो हर ओवर में एक-आध नो बोल फेंकता था, पर मोटा पैसा लगा भारी चाँदी कूट पाएँगे।

मेरा शिद्दत से ये मानना है कि अगर फिक्सिंग में सामाजिक सरोकार की ये भावना आ जाए तो कुछ ही वक्त में पूरे देश का नक्शा पलट जाएगा। क्रिकेट के अलावा इसे एक-एक कर बाकी तमाम क्षेत्रों में भी लागू किया जा सकता है। जैसे संसद् में बहुत सारे महत्त्वपूर्ण विधेयक पारित होने के लिए पड़े हों, मगर तभी संसद् सत्र से ऐन पहले कोई बड़ा घोटाला सामने आ जाता है। विपक्ष चिल्ला-चिल्लाकर दावा करता कि घोटाले में शामिल मंत्री से इस्तीफा नहीं लिया गया तो वो संसद् नहीं चलने देंगे। सरकार सत्र से पहले जनता के बीच अपना दुखड़ा रोती है कि देखिए, हम तो आपसे जुड़े कितने काम करना चाहते हैं मगर विपक्ष को तो इस्तीफा माँगने का रोग लग गया है।

ऐसे समय, जब आरोप-प्रत्यारोपों के बीच माहौल पूरी तरह गरमा जाए, हर कोई ये मानकर चल रहा हो कि इस बार तो एक दिन भी संसद् नहीं चल पाएगी। तभी सट्टेबाज कुछ सांसदों के साथ स्पॉट फिक्सिंग कर लें। वो उन्हें इस बात के लिए तैयार कर लें कि आप रस्मी तौर पर वेल के पास जाकर हंगामा तो करोगे लेकिन संसद् का बहिष्कार नहीं करोगे। और चाहें तो बाहर आकर कह सकते हैं कि हम अब भी फलाँ मंत्री के इस्तीफे की माँग पर अड़े हैं, मगर देश हित में हम नहीं चाहते कि हमारी वजह से संसद् की काररवाई बाधित हो।

अगर सट्टेबाज नेताओं को कन्विंस कर इस तरह की सट्टेबाजी करने लगें तो नेताओं के साथ खुद तो मोटा पैसा कमाएँगे ही, साथ ही जनता के बीच भारतीय राजनीति की छवि भी सुधारेंगे।

इसी तरह अगर लड़का किसी लड़की को प्यार करे और वो शादी के लिए तैयार न हो तो लड़का कह सकता है कि प्लीज मान जाओ, बदले में मैं तुम्हें इतने लाख दहेज में देने के लिए तैयार हूँ। यकीन मानिए दोस्तो, अगर ऐसा हुआ तो शादी भी फिक्स हो जाएगी और सालों पुरानी दहेज की समस्या भी!

□

एंटरटेनमेंट के लिए कुछ भी चाहेगा!

यह रविवार की एक औसत सुबह है। रिमोट को सारथी बना मैं टीवी पर कुछ सार्थक ढूँढ़ रहा हूँ। पर ज्यादातर टीवी कार्यक्रम मेरी सुबह से भी ज्यादा औसत हैं। धार्मिक चैनलों पर बाबा महिलाओं को शांति और संयम का पाठ पढ़ा रहे हैं। न्यूज चैनल बता रहे हैं कि कैसे एक बाबा ने संयम का पाठ पढ़ने आई शिष्या को एक्सट्रा क्लास़ देने की कोशिश की। वहीं मनोरंजन चैनल्स पर सास-बहुएँ एक-दूसरे को नीचा दिखाने के ऊँचे काम में लगी हैं, दूसरों का खून पी अपना हीमोग्लोबीन बढ़ा रही हैं। कल्पना के कैनवस पर हर क्षण षड्यंत्रों के दृश्य उकेर रही हैं। कभी-कभी हैरानी होती है कि धारावाहिकों में जिन परिवारों की कहानी देख हम अपना मनोरंजन करते हैं, खुद उन परिवारों में कितना तनाव है! आखिर क्या वजह है कि दूसरे का तनाव हमें आनंद देता है। किसी का झगड़ा देख हम एंटरटेन होते हैं। क्या हम इतना गिर गए हैं, हमारे पास कुछ और काम नहीं बचा। इससे पहले कि मैं किसी महान् नतीजे पर पहुँचता, मुझे बाहर से झगड़ने की आवाज सुनाई देती है।

टीवी बंद कर मैं बालकनी में आता हूँ। सोसायटी के दूसरे छोर पर एक महिला जोर-जोर से चीख रही है। उसके सास-ससुर बालकनी में चिल्ला रहे हैं तो वो अपार्टमेंट के नीचे। झगड़े के सुर के साथ-साथ दर्शकों की संख्या भी बढ़ती जा रही है। शादी के निमंत्रण पत्र की तर्ज पर लोग सपरिवार बालकनी में आ गए हैं। बीवी भी गैस बंद कर बाहर आ गई है। मैं कॉन्संट्रेट करता हूँ, मगर कुछ समझ नहीं पा रहा हूँ। जो शब्द कान में पड़ रहे हैं, उनसे मेरी पहचान नहीं है। बीवी कहती है, साउथ इंडियन है। तमिल या तेलुगू में झगड़ रहे हैं। मुझे खीझ चढ़ती है। अपनी बेबसी पर रोना आता है। ऐसा लगता है कि बिना सबटाइटल के रजनीकांत की कोई एक्शन फिल्म देख रहा हूँ। मैं आपा खोने लगता हूँ। सोचता हूँ कि नीचे

जाकर उनसे इसी बात पर झगड़ूँ। कहूँ कि इतने लोग बीवी-बच्चों समेत तुम्हारा झगड़ा देख रहे हैं। खुद मेरी बीवी ने दो बार अपनी माँ तक का फोन नहीं उठाया। बच्चा आधे घंटे से नाश्ते के लिए रो रहा है। हम लोग क्या पागल हैं, जो तुम्हारे चक्कर में अपना संडे खराब कर रहे हैं। झगड़ना है तो हिंदी में झगड़ो, वरना अंदर जाकर लड़ो-मरो।

मगर इससे पहले कि मैं नीचे जाने के लिए चप्पल खोजता, महिला गाड़ी स्टार्ट कर वहाँ से चली गई। ये देख पूरी सोसायटी में निराशा छा गई। मैं भी भारी अवसाद में था। अंदर आया। टीवी चलाया। वही सास-बहू के सीरियल वाले झगड़े। फिर वही खयाल—यार, ये लोग हमेशा झगड़ते क्यों रहते हैं। लोगों को इनका झगड़ा देखने में मजा भी क्या आता है, मगर मन में यही बात फिर दोहराई तो शर्म आने लगी।

यह सच है कि सीरियल के न सही, पर असल झगड़े देखने में मुझे भी खूब आनंद आता है। मगर गुस्सा तब आता है, जब ये झगड़े अंजाम तक नहीं पहुँचते। दिल्ली में ब्लू लाइन के सफर के दौरान मैंने सैकड़ों झगड़े देखे। कंडक्टर सवारी से टिकट लेने के लिए कहता। वो बाद में लेने की जिद करती। फिर लंबी बहस होती। सामर्थ्य के मुताबिक सुर ऊँचा किया जाता। संस्कारों और सामान्य ज्ञान के आधार पर बेहिसाब गालियाँ दी जातीं। ये देख रूटीन लाइफ से बोर हो चुकी सवारियों की आँखों में चमक दौड़ जाती। सबको लगता कि अब झगड़ा होगा। कुछ एक्साइटिंग देखने को मिलेगा। दोस्त-यारों को सुनाने के लिए एक किस्सा मिलेगा। मगर अफसोस...तभी नई सवारियाँ चढ़ने के साथ बात आई-गई हो जाती। इन सालों में न जाने ऐसी कितनी ही बहसें, जिनमें झगड़ा बनने की पूरी संभावना थी, मेरी आँखों के सामने आई-गई हुई हैं। मगर मैंने उम्मीद नहीं छोड़ी है। यह स्वीकारने में मुझे कोई शर्मिंदगी भी नहीं है। आखिर इनसान मूलतः है तो जानवर ही, जो सभ्य बनने की कोशिश कर रहा है। अब इस कोशिश से बोर हो, वो और उसके भीतर का जानवर कभी-कभार झगड़ा देख, मनोरंजन करना चाहे तो क्या बुराई है! एंटरटेनमेंट के लिए जब कुछ भी करने में हर्ज नहीं, तो चाहने में क्या प्रॉब्लम है!

□

भारत तोड़ो आंदोलन

भारत एक स्वादिष्ट चीज है। पूरा देश एक बड़ी सी मैस है। देश टेबल पर पड़ा है। खानेवालों की लंबी कतार है। सब देश खाना चाहते हैं। जीभें लपलपा रही हैं। देश मुरगे की तरह फड़फड़ा रहा है। खानेवाले ज्यादा हैं, देश छोटा। हर किसी को उसका हिस्सा चाहिए। समस्या संगीन है, मगर लोग होशियार। उच्च दर्जे के न्यायाधीश। वो किसी को भूखा नहीं मरने देंगे। वो जानते हैं कि सब एक साथ देश पर टूट पड़े तो अराजकता फैलेगी।

तय हुआ है कि देश के टुकड़े कर लो—और कोई चारा नहीं। सभी की भूख शांत करनी है। हर किसी का टेस्ट अलग है। सबने अपने-अपने हिस्से की पहचान कर ली है। किसी की नजर कश्मीर पर है तो किसी की असम पर। कोई उड़ीसा चाहता है तो कोई महाराष्ट्र।

कुछ हिस्से ऐसे हैं, जिन पर एक से ज्यादा की नजर है। माँग की जा रही है, इनके अलग से टुकड़े हों। आंध्र को तोड़कर तेलंगाना बना दो। असम से बोडोलैंड अलग हो। बंगाल से गोरखालैंड निकाला जाए। यूपी से हरित प्रदेश। लोग बेचैन हो रहे हैं। भूख बढ़ रही है। आवाजें आ रही हैं, जल्दी करो। देश को काटने की तैयारी हो रही है।

कुछ कह रहे हैं कि इसे काटो मत, ये ठोस है कटेगा नहीं—इसे तोड़ दो। देश को तोड़ा जा रहा है, वो नहीं टूट रहा। फिर किसी ने बताया कि देश तो लोगों से बना है। इसे तोड़ा नहीं जा सकता। लोगों को अलग कर दो। ये अपने आप बिखर जाएगा। जिन्हें तोड़ना है, उनकी पहचान हो गई है। भाषा, जाति, धर्म, संस्कृति जो देश की सबसे बड़ी विशेषता थी, उसे ही इसे तोड़ने का हथियार बना लिया गया है।

देश तोड़ने की पूरी तैयारी हो चुकी है। बिना किसी निविदा के समाजसेवियों ने रुचि के मुताबिक ठेके ले लिये हैं। महाराष्ट्र में भाषा के नाम पर देश तोड़ने का

काम राज ठाकरे ने लिया है तो असम में उल्फा ने। जाति के आधार पर फूट डालने के क्षेत्र में कर्नल बैंसला ने उल्लेखनीय काम किया है। वहीं धर्म के आधार पर फूट डालने में मारा-मारी मची है। लालू, अमर सिंह, पासवान जैसे कितने ही आईएसआई मार्का देश तोड़ू काम में जुटे हैं। कई फ्रेंचाइजी खुली हैं। राज्य प्रयोगशाला बन गए हैं, कार्यकर्ता शोधार्थी। देश लैब में पड़ा है, महाप्रयोग जारी है। उम्मीद करते हैं जैसे 'भारत छोड़ो आंदोलन' के जरिए हमने अंग्रेजों को भारत से बाहर भेजा था, वैसे ही इस 'भारत तोड़ो आंदोलन' के जरिए भारत को भी भारत से बाहर निकाल देंगे।

□

आईपीएल को राष्ट्रीय घोटाला घोषित करो

आम आदमी के छोटे से दिमाग में अकसर ये बड़ा सवाल जोर मारता है कि अलग-अलग पार्टियाँ साथ मिलकर अगर एक राष्ट्रीय सरकार नहीं बना सकतीं तो कम-से-कम साथ मिलकर एक राष्ट्रीय घोटाला ही कर दें। इस मासूम इच्छा के पीछे उसकी बस यही ख्वाहिश रहती है कि देश की जनता ये जान सके कि आखिर कोई तो ऐसा काम है, जो ये मिलकर कर सकती हैं। मगर नहीं, देश की जनता सालों तक इन पार्टियों से एक संयुक्त घोटाले का आग्रह करती रही और ये पार्टियाँ उस आग्रह को मिमोह चक्रवर्ती की फिल्म समझकर ठुकराती रहीं।

मगर इस बीच आया वो पल जिसका इंतजार इस देश की पावन भूमि निएंडरथल (मानव की एक विलुप्त प्रजाति का नाम) मानव के समय से कर रही थी। स्पॉट फिक्सिंग मामले में तीन खिलाड़ी पकड़े गए। ये जानते हुए कि किसी भी धाँसू बल्लेबाज से अच्छी हिटिंग कोई करता है तो वो है पुलिसवाले, इन्होंने अच्छा बच्चा बनकर उसे सबकुछ सच-सच बता दिया। इधर खुलासा हुआ और उधर एक के बाद एक कई नाम और बदनाम सामने आने लगे। देश की जनता कोरस में रुदाली करने लगी। चैनलवाले चिल्ला-चिल्लाकर बताने लगे कि कैसे ये पूरा खेल हजारों करोड़ तक पहुँच गया है।

मगर हैरानी! ये क्या, एक मामूली क्लर्क द्वारा पाँच सौ रुपए की हेराफेरी पर प्रधानमंत्री का इस्तीफा माँगनेवाली विपक्षी पार्टी ने चूँ तक नहीं की। पक्ष-विपक्ष के लोग इस राष्ट्रीय आपदा से निपटने के लिए बैठकें करने लगे। अध्यक्ष के इस्तीफे की माँग भी इस टोन में की गई जैसे घर आए मेहमान से महिलाएँ कहती हैं, भाई साहब एक रोटी तो और चलेगी। अभी आपने खाया ही क्या है और अध्यक्ष भी ये

सोचकर इस्तीफा नहीं दे रहा था कि सच है, अभी मैंने खाया ही क्या है!

जैसे-जैसे घोटाले से जुड़े राज सामने आ रहे थे, आम आदमी की आँखों से खुशी के आँसू छलकने लगे थे। वो तो बस इतना चाहता था कि एक ऐसा घोटाला हो, जिसे सभी राजनीतिक पार्टियाँ मिलकर अंजाम दें। मगर यहाँ तो एक ऐसा घोटाला सामने आ रहा था जिसे जाति, धर्म, भाषा, रंग, यहाँ तक कि देश-प्रदेश की सीमाओं को लाँघकर अंजाम दिया गया था।

वो ये देखकर हैरान था कि कैसे मुंबई में बैठे एक भारतीय पंटर 'सट्टेबाजी में दलाल का काम करनेवाला) ने बिना इस बात की परवाह किए कि दुबई में बैठे जिस माफिया के इशारे पर वो काम कर रहा है, वो भारत का दुश्मन है। उसे इस बात की बेहद खुशी हुई कि कैसे भयानक महँगाई के इस दौर में उसी पंटर ने महज एक खराब ओवर फेंकने के लिए भारत के कुछ गरीब गेंदबाजों को 14 लाख रुपए तक दे डाले। ये देखकर उसका मन आस्था से भर गया कि हमेशा बड़े-बड़े फिल्मी सितारों से घिरे रहनेवाले उन्हीं खिलाड़ियों ने, सिर्फ इसलिए एक पिटे हुए बॉलीवुड सितारे से पैसे ले लिये, ताकि उसका घर चलता रहे। और ये तमाम खिलाड़ी जो एक-दूसरे पर भरोसा कर फिक्सिंग कर रहे थे, वो सब भी अलग-अलग राज्यों के थे और संभवत: एक दूसरे की जबान भी नहीं समझते थे।

दुनिया कुछ भी कहे मगर ये इन तमाम लोगों का जज्बा ही था, जिसने तीन हजार करोड़ के सटेट्बाजी कारोबार को महज पाँच सालों में चालीस हजार करोड़ तक पहुँचा दिया।

और ये सब हुआ तो सिर्फ इसलिए, क्योंकि इन लोगों ने देश की जनता की भावनाओं को समझा। तभी आप देखेंगे कि आजाद भारत के इतिहास का ये शायद इकलौता ऐसा कोई उपक्रम है (सही या गलत मायने नहीं रखता) जिसमें हैदराबाद के एक मामूली स्पॉट ब्वॉय से लेकर दक्षिण के अरबपति बिजनेसमैन तक और हरियाणा के देहाती परिवेश से निकले खिलाड़ी से लेकर, दुबई की निओन लाइट की चकाचौंध का मजा लेते अंडरवर्ल्ड डॉन तक, सबका बराबर का योगदान रहा।

फिक्सिंग घोटाले के इन तमाम गुणों को देखते हुए मेरी सरकार से गुजारिश है कि इसे जल्द-से-जल्द राष्ट्रीय घोटाले का दर्जा देते हुए स्कूल की किताबों का हिस्सा बनाया जाए, ताकि आनेवाली नस्लें इस बारे में पढ़, एकता और भाईचारे के रास्ते पर आगे बढ़ पाएँ।

जय हिंद।

□

लैट्स प्ले निंदा-निंदा

भारत जैसे देश में निंदा से सस्ता मनोरंजन कोई नहीं। जरा सी फुरसत, तशरीफ रखने की जगह, पीने के लिए चाय और खाने के लिए मुट्ठीभर मट्ठी हो तो हम कहीं भी, किसी भी कोण से, कितनी भी देर तक, किसी को भी निपटा सकते हैं। बस जरूरत होती है तो एक अदद पार्टनर की। एक ऐसे शख्स की जिसके मन में उतना ही जहर हो, जितना हमारे मन में है। इससे मोमेंटम बनता है। इसके अलावा भी निंदा से जुड़ी कई और महत्त्वपूर्ण बातें है, जिन्हें निम्नलिखित बिंदुओं के जरिए समझा जा सकता है—

1. अच्छे निंदक के लिए सबसे जरूरी है कि वो ज्यादा-से-ज्यादा लोगों से दोस्ती गाँठे। जितना बड़ा दायरा होगा, उतने ही ज्यादा ऑप्शंस उसके पास रहेंगे। अकसर देखने में आता है कि दो-चार लोगों की बुराई करते-करते बोरियत होने लगती है। इसलिए जरूरी है कि दस-पंद्रह लोगों से नजदीकी बढ़ाई जाए। पार्टनर के साथ बैठ निंदा करने से पहले ऐसे लोगों की लिस्ट बना लें। जिसकी निंदा होती जाए, उसके नाम के आगे टिक लगा लें। ऐसा करने से रिपीटिशन से बचेंगे। अकसर दो-चार लोगों की बुराइयाँ करने में हम इतना खो जाते हैं कि बाकी लोगों को प्रॉपर टाइम नहीं दे पाते। और जब तक उनकी धज्जियाँ उड़ाने का वक्त आता है, पता चलता है वक्त ही नहीं बचा। निंदा में सबके साथ बराबर इनसाफ हो पाए, इसके लिए जरूरी है कि आप टाइम मैनेजमेंट का खयाल रखें।
2. निंदा के दौरान आप जिसे भी निपटा रहे हैं, उसका असली नाम कभी न लें। क्रिएटिविटी और गालियों के जैसे—जो संस्कार आपमें हैं, उनके हिसाब से एक 'उपनाम' दें। ऐसा करने से निंदा का मजा दोगुना हो जाता है और जरूरी पंच भी मिल जाता है।

3. सिर्फ बुरे आदमी की निंदा न करें। ऐसा कर आप 'सेफ' खेलेंगे। जिसकी सारी दुनिया बुराई कर रही है, उसकी बुराई कर 'निंदा साहित्य' में आप अमर योगदान नहीं दे पाएँगे। ऐसे लोगों की बुराई करें जो 'भले आदमी' के तौर पर बदनाम हैं। ऐसा करना चैलेंजिंग है। मसलन, कोई आदमी काम करने में अच्छा है, लेकिन कम बोलता है तो आप कहिए, साला अकड़ू है। पता नहीं, खुद को क्या समझता है? कोई आदमी बहुत लंबा है और आपको उसकी हाइट से जैलसी है तो कहिए, साला ऊँट। कोई आदमी वैल-मैनर्ड है और आप शर्मिंदा होते हैं कि मैं इतना तमीजदार नहीं, तो कहिए, साला काइयाँ है। ऐसा कर आप एक भले आदमी की इमेज तो स्पॉइल करेंगे ही, अपनी हीनता पर भी विजय पा लेंगे।
4. नैतिकता के मुद्दे पर कभी किसी की निंदा न करें। ऐसे वक्त आप प्रगतिशील बन जाएँ। कोई आदमी शादी के बाद किसी से संबंध रखता है तो फौरन कहिए, यार ये उसकी मरजी है, हमें 'इंडिविजुअल फ्रीडम' की रिस्पेक्ट करनी चाहिए। उस आदमी की जगह खुद को रखिए, खुद-ब-खुद उसके बचाव में दलीलें मिलती जाएँगी!
5. एक अच्छे निंदक की खासियत ये है कि उसे खुद नहीं पता होना चाहिए कि वो किस विचारधारा का हिमायती है। ध्यान रखिए, आपका काम निंदा करना है। बखिया उधेड़ना है। आप सिर्फ निंदा कीजिए। सही-गलत, अपने-पराए के चक्कर में पड़ेंगे तो इस खेल का पूरा मजा नहीं ले पाएँगे। अगर आप सोहन के साथ बैठकर मोहन की बुराई कर रहे हैं और तभी वहाँ मोहन आ जाए और सोहन चला जाए तो आप मोहन के साथ बैठकर सोहन की बुराई भी कर सकते हैं। और ऐसा करते वक्त आपकी आत्मा पर जरा भी बोझ नहीं पड़ना चाहिए। ध्यान रहे, गैरहाजिर की बुराई करना ही निंदक का असली धर्म है।
6. और अंत में, निंदा करने का जोश कभी ढीला न पड़े। इसलिए जरूरी है कि हमेशा खुद को समझाते रहें कि जो आप डिजर्व करते हैं, वो आपको मिला नहीं। ये भी खयाल रखें कि आलोचना और निंदा में फर्क होता है। आलोचना में तर्क होता है, सामने वाले की बेहतरी की इच्छा होती है। लेकिन निंदा में ऐसा कुछ नहीं। निंदा का मतलब है, सामनेवाले को सिरे से खारिज करना। मतलब ''स्साला घटिया आदमी है।

□

तू ही तो मेरा हॉर्न है

दोस्तो, शौक ही नहीं इनसान जिज्ञासा भी कैपेसिटी के हिसाब से पालता है। आप उतने ही जिज्ञासु हो सकते हैं, जितना कि आपकी बुद्धि अफोर्ड करती है। यही जिज्ञासा आपको हर वक्त बेचैन करती है। आप शोध-खोज में लग जाते हैं। मसलन, हॉकिंग्स लंबे समय तक बेचैन रहे कि सृष्टि का निर्माण ईश्वर ने किया या भौतिकी ने। न्यूटन सेब को पेड़ से गिरता देख उसकी वजह जानने में लग गए। वैज्ञानिकों की पूरी टोली आज तक ये जानने में लगी है कि ब्लैक होल का निर्माण किन हालात में हुआ। मगर ये सब बड़े लोगों की जिज्ञासाएँ हैं। 'मुफ्त धनिए' के लिए बनिए से झगड़ने में जिंदगी गुजारनेवाला आम आदमी ऐसी चुनौतियाँ मोल नहीं लेता।

उसकी जिंदगी और जिज्ञासाएँ अलग होती हैं। अपनी ही बात करूँ तो सालों से दिल्ली के ट्रैफिक में हिंदी और अंग्रेजी के सफर के बावजूद मैं नहीं जान पाया कि लोग हॉर्न क्यों बजाते हैं? वो कौन से भूगर्भीय, समाजशास्त्रीय और मनोवैज्ञानिक कारण हैं, जो आदमी को हॉर्न बजाने पर मजबूर करते हैं। इन्हीं बातों से परेशान हो मैंने हॉर्नवादकों पर शोध करने का फैसला किया। यहाँ-वहाँ भटकने के बजाय मैंने मशहूर हॉर्नवादक दिल्ली के दल्लूपुरा निवासी आहत लाल से मिलना बेहतर समझा। इससे पहले कि आहत से हुई बातचीत का ब्योरा पेश करूँ, बता दूँ कि छात्र जीवन से ही आहत को हॉर्न बजाने का खूब शौक था। शुरू में ये सिर्फ शौकिया तौर पर हॉर्न बजाते थे, मगर कालांतर में मिली अटेंशन के चलते इन्होंने इस शौक को गंभीरता से लिया। लोकप्रियता का आलम ये है कि आज आसपास के सैकड़ों गाँवों से इन्हें शादियों में हॉर्न बजाने के लिए बुलाया जाता है। पिछले तीन सालों में देश-विदेश में हॉर्नवादन के चार हजार से ज्यादा कार्यक्रम दे चुके हैं। उभरते नौजवानों के लिए हॉर्नवादन की वर्कशॉप चलाते हैं। इनसे सीखे छात्र

दल्लूपुरा घराने के हॉर्नवादक कहलाते हैं। इन्होंने तो सरकार से माँग तक की थी कि वूवूजेला की तर्ज पर कॉमनवेल्थ खेलों में ट्रैक्टर-ट्राली के किसी हॉर्न को पारंपरिक वाद्य यंत्र के रूप में शामिल किया जाए।

बहरहाल, बिना वक्त गँवाए मैं बातचीत पेश करता हूँ—

आहत बताइए, आपकी नजर में हॉर्न बजाने का सबसे बड़ा फायदा क्या है?

आहत : देखिए, आज देश में जैसे हालात हैं, उसमें आम आदमी के हाथ में अगर कुछ है तो सिर्फ हॉर्न। नौजवान पचास जगह अप्लाई करते हैं, उन्हें नौकरी नहीं मिलती, दस लड़कियों को प्रपोज करते हैं, मगर कोई हाँ नहीं कहती। ऐसे में यही नौजवान जब सड़क पर निकलता है तो हॉर्न बजा अपनी फ्रस्ट्रेशन निकालता है। किसी भी लंबी काली गाड़ी को देख यही सोचता है कि जिन कंपनियों में उसे नौकरी नहीं मिली, हो-न-हो उन्हीं में से किसी एक का सीईओ इसमें होगा। बाइक के पीछे बैठी लड़की देख उसे चिढ़ होती है कि तमाम टेढ़े-बाँके लौंडे लड़कियाँ घुमा रहे हैं और एक वही अकेला घूम रहा है। इसी सब खुंदक में वो और हॉर्न बजाता है। उसका मन हलका होता है। आप ही बताइए, अब ये हॉर्न न हो तो वो बेचारा नौकरी और छोकरी की फ्रस्ट्रेशन में सुसाइड नहीं कर लेगा?

हाँ, ये बात तो ठीक है, मगर आजकल मोटरसाइकिल में जो लोग ट्रक वाला हॉर्न लगवाने लगे हैं, उसके पीछे क्या दर्शन है?

आहत : देखिए, जो जितना कुंठित होगा, उसकी अभिव्यक्ति उतनी ही कर्कश होगी। इसके अलावा ध्यानाकर्षण की इच्छा भी एक वजह हो सकती है। हो सकता है उस बेचारे की बचपन से ख्वाहिश रही हो कि जहाँ कहीं से गुजरूँ, लोग पलट-पलटकर देखें। मगर उसे इसका कोई जायज तरीका न मिल पा रहा हो। अब हर कोई तो सिंगिंग या डांसिंग रिएल्टी शो में जा नहीं सकता। ऐसे में सिर्फ गंदा हॉर्न बजाने भर से किसी को अटेंशन मिल रहा है, तो क्या प्रॉब्लम है? जिस दौर में लोग पब्लिसिटी के लिए अपनी शादी तक का तमाशा बना देते हैं, वहाँ हॉर्न बजाना कौनसा अपराध है!

चलिए, ये तो बड़ी वजहें हो गईं। इनके अलावा···

आहत लाल : इसके अलावा छोटे-मोटे तात्कालिक कारण तो हमेशा बने रहते हैं। घर में बीवी से झगड़ा हो गया तो हॉर्न को बीवी की गरदन समझ ऑफिस तक दबाते जाइए, ऑफिस पहुँचते-पहुँचते सारा गुस्सा छू हो जाएगा। ये समझना होगा कि जिंदगी के जिस-जिस मोड़ पर आप मजबूर हैं, वहाँ-वहाँ हॉर्न आपके साथ है। ऑफिस में रुके इनक्रीमेंट से लेकर कई दिनों से घर में रुकी सास तक का

गुस्सा हॉर्न के जरिए निकाल सकते हैं। जमाने भर का दबाया आदमी भी, हॉर्न दबा अपनी भड़ास निकाल सकता है और ये चूँ भी नहीं करता, बावजूद इसके कि ये हॉर्न है! कहनेवाले कहते होंगे कि किताबें इनसान की सबसे अच्छी दोस्त हैं मगर इनसान तो यही कहता है···तू ही तो मेरा हॉर्न है!

□

फोटो छपवाने की हसरत!

कई सालों से तमन्ना है कि मेरी भी अखबार में फोटो छपे। बचपन से खिलाड़ी और फिल्म स्टार तो दूर, शोक समाचारों के तहत छपे फोटो तक देख मैं रश्क करता था। खिलाड़ी बनने के लिए मैं प्रतिभा से मार खा रहा था और हीरो बनने के लिए शक्ल से। राजनीति मैं ऑफिस और दोस्तों में तो खूब कर सकता था, मगर ऐसी नहीं कि किसी पार्टी का नेता बन जाऊँ। 'गुमशुदा की तलाश' विज्ञापन भी एक मौका हो सकता था, मगर मेरी करतूतों और पिताजी के स्वभाव को जानते हुए इसकी उम्मीद कम थी कि मेरे गायब होने पर वो कोई विज्ञापन देंगे।

चूँकि जीवन में मुझे कोई-न-कोई घटिया काम जरूर करना था, इसलिए बड़ा हो मैं घटिया लिखने लगा। इस दौरान पाया कि कई ऐसी पत्र-पत्रिकाएँ हैं, जो लेख के साथ लेखक का फोटो भी छापती हैं। तदुपरांत मैंने ऐसी पत्र-पत्रिकाओं को चिह्नित करना शुरू किया। लिखना क्या है, ये तय नहीं था मगर ये तय था कि जो फोटो छपे, वो ऐसा हो कि जब छपे तो समाज में हाहाकार मच जाए।

इन्हीं अरमानों के साथ अगले दिन मैं स्टूडियो पहुँचा। फोटोग्राफर को जब मकसद बताया तो उसका कहना था कि सर, फिक्र न करें, इससे पहले भी मैं कई लेखकों के फोटो खींच चुका हूँ। इतना कहकर उसने मेरे सामने लेखकों का एलबम रख दिया। उसने बताया कि इसमें हर राइटिंग स्टाइल के हिसाब से पिक्चर है। ये अलाँ जी है। जो फलाँ अंग्रेजी अखबार में गंभीर किस्म के राजनीतिक लेख लिखते हैं। मैंने कहा, वो तो ठीक है, मगर ये चश्मे को नाक के नीचे सरका, उसके ऊपर से क्यों देख रहे हैं? फोटोग्राफर ने समझाया कि सर, आप समझे नहीं। इसका एक मतलब है कि सारी दुनिया समाज को इस चश्मे से देख रही है, लेकिन मैं इसके ऊपर से देख रहा हूँ! ये मॉडर्न पोज है। इंटेलेक्चुअल दिखने में मदद करता है। वैसे भी पैकेजिंग के जमाने में होने से ज्यादा, प्रतीत होना महत्त्वपूर्ण है।

वो एक-एक कर एलबम के पन्ने पलट रहा था। हर फोटो डेढ़ होशियारी से लबलबा रही थी, ज्ञान के झरने फूट रहे थे, गंभीर और गमगीन मुद्राओं का तांडव मचा था। ठुड्ढी को दाएँ-बाएँ कर सयानेपन के कोण साधे जा रहे थे।

इसी तरह के अंतर्निहित दर्शन लिये कई और फोटोग्राफ उस एलबम में थे। एक में लेखक उँगली से होंठों का सिरा छू रहा था। एक में दोनों बाजू मोड़ गरदन के पीछे हाथ टिकाए था। साथ ही सिगरेट और सिगार पीते कुछ बड़े लेखकों के फोटो भी थे। इससे पहले कि मैं कुछ पूछता उसने समझाया¨सर, जहाँ तक मेरी जानकारी है, ऐसे फोटोग्राफ खिंचवाने के लिए आप अभी क्वालिफाई नहीं कर पाए हैं। जब तक किसी लेखक के दस कहानी संग्रह या पाँच उपन्यास या फिर एक दर्जन कविता संग्रह नहीं छप जाते, तब तक उसे सिगरेट या सिगार मुँह में घुसेड़ फोटो नहीं छपवाने चाहिए। आप चाहें तो मुँह में बीड़ी डालकर फोटो खिंचवा सकते हैं!

मैंने समझाया कि भइया मैं इन सब जैसा इंटेंस लेखक नहीं हूँ। मैं तो हलका-फुल्का लिखता हूँ। उसने कहा—सर, फिर तो आप बस एक काम कीजिए। दाँत निकालिए। नब्बे फीसदी व्यंग्यकार दाँत निकालकर ही फोटो खिंचवाते हैं। आखिरकार जब कोई और रास्ता नहीं दिखा तो मैंने भी दाँत फाड़ फोटो खिंचवाई। फोटो देख तसल्ली हुई कि लेख पढ़कर किसी को हँसी आए-न-आए, फोटो देख वो जरूर लोटपोट हो जाएगा!

फोटो ले घर पहुँचा, तब तक काफी देर हो चुकी थी। जैसे-तैसे कुछ लिख रचना संपादक को कोरियर की। अगले दिन फोन कर पूछा—सर, कैसी लगी? वो बोले—क्या? मैंने कहा—फोटो। वो बोले—बरखुरदार, लेखक का खाली फोटो छापने की हमारे यहाँ प्रथा नहीं है। मैंने पूछा—मतलब? संपादक—मतलब ये कि जितना स्टाइल मारकर तुमने फोटो खिंचवाई है, उसका आधा भी जमाकर लिखा होता तो अच्छा रहता। मैं तो ये समझ नहीं पा रहा हूँ, तुमने लेख के साथ फोटो भेजा है या फिर फोटो छपवाने के लिए लेख लिखा है!

इतना कहकर उन्होंने फोन रख दिया। दिल टूटकर चूर-चूर हो चुका था। भारी डिप्रेशन में था। समझ नहीं आ रहा था कि क्या करूँ? एक और लेख लिखूँ या फिर किसी से शोक समाचार में फोटो छपवाने का वादा ले आत्महत्या कर लूँ। आत्महत्या का प्रोग्राम तय था पर फिर आखिर में ये सोच रुक गया कि जान दे भी दूँ, मगर ये भी तो नहीं पता कि ऊपरवाले ने वहाँ कौन सा अखबार लगवा रखा है! अच्छा लिखने की तरह फोटो छपवाने की हसरत भी लगता है कि अधूरी रह जाएगी।

□

न आपकी, न मेरी!

इतिहासकार इस बारे में कुछ भी कहने की स्थिति में नहीं हैं कि मोलभाव की शुरुआत भारत में आखिर कब हुई? न किसी दरबारी कवि ने इस बारे में कोई संकेत दिया, न किसी शिलालेख में इसका सबूत मिला और न ही ऐसा कोई किस्सा सुना कि किसी राजा ने दुकानदार को इसलिए हाथी के पैर के नीचे कुचलवा दिया, क्योंकि उसने दो किलो कद्दू पाँच रुपए फालतू में बेच दिए।

इतिहास मदद न करे, फिर भी हर किसी ने बचपन से एक-एक रुपए के लिए 'जान दे भी सकता हूँ और ले भी सकता हूँ', टाइप बहसों के विहंगम दृश्य जरूर देखे हैं। इन बहसों से जुड़ी सबसे बड़ी खूबसूरती है—दुकानदार और ग्राहक का ये विश्वास कि सामने वाला मूर्ख है!

मोलभाव मेरे हिसाब से एक महान् कला है, जिसके लिए सबसे जरूरी गुण है बेशर्मी। दुकानदार होने के नाते अगर आप सौ की चीज आठ सौ की बता रहे हैं तो एक पल के लिए भी माथे पर शिकन नहीं आनी चाहिए। वहीं ग्राहक होने के नाते आपको दाम सुनते ही बिना कुछ बोले खड़े हो जाना है। दुकानदार प्रेशर में आ जाएगा। उसे लगने लगेगा कि उसने ज्यादा ही होशियारी दिखा दी। गेंद अब उसके पाले में है। वो पूछेगा—क्या हुआ? आपको कुछ नहीं बोलना, वो फिर पूछेगा—बहनजी, कुछ तो बोलो। अब ऐसी जली बात करें कि उसकी आत्मा सड़ जाए। जली हुई बात सोचने के लिए दुकानदार में पति की सूरत देखें, बात खुद-ब-खुद सूझ जाएगी! इसी बहाने पति से ये शिकायत भी दूर हो जाएगी कि आपका इस्तेमाल क्या है?

खैर, दुकानदार कहेगा, बैठिए। आप बैठ जाएँ। हो सकता है इतनी देर में कोई लड़का ठंडा ले आए। मगर आप भूलकर भी इसे न पिएँ। दस का ठंडा आपका तीन सौ का नुकसान भी कर सकता है। दुकानदार होने के नाते कहिए,

बहनजी, हमारा उसूल नहीं कि दो सौ की चीज को आठ सौ का बता, पाँच सौ में बेच दें। आप जानते हैं आप ऐसा ही करते हैं, फिर भी एक्टिंग इतनी शानदार हो कि अल पचीनो भी शरमा जाए!

ग्राहक के नाते बात काटते हुए बोले, दो सौ लेने हैं? दुकानदार हैं तो लंबी साँस खींच वही कहें, जो देश का हर दुकानदार दिन में तीन लाख तिहत्तर हजार चार सौ अड़सठ बार कहता है, वो ये कि 'इतनी तो हमें घर पर नहीं पड़ती'।

दुकानदार को टोकें और कहें, भइया, फालतू बात मत करो। इसके बाद लंबी बहस होगी, जिसमें बहस करने की आपकी मौलिक प्रतिभा के अलावा, आवाज का ऊँचा होना, दूसरी दुकान पर कम रेट का हवाला, पुराना ग्राहक होने की दुहाई, 'सारी कमाई हमसे ही करोगे' जैसे घिसे हुए तर्क आप काम में ले सकते हैं। इसके बावजूद अगर लगे कि दुकानदार नीचे नहीं आ रहा तो आखिर में मोलभाव विधा का ब्रह्मास्त्र 'न आपकी, न मेरी' छोड़ें, पचास रुपए फालतू दें, चीज खरीदें और घर आ जाएँ।

□

क्या इशांत शर्मा को आईब्रो बनवानी चाहिए?

नमस्कार! मैं हूँ सर्वज्ञ कुमार···स्वागत है आपका हमारे खास कार्यक्रम 'उनकी फुरसत, हमारी खबर' में। टीम इंडिया हाल ही में ऑस्ट्रेलिया से वनडे सीरीज जीतकर लौटी है। भारत आने के बाद क्या कुछ कर रहे हैं टीम इंडिया के सितारे, अगले एक घंटे में हम इसका जायजा लेंगे। तो सबसे पहले हम रुख करेंगे दिल्ली का, जहाँ मौजूद हैं हमारे संवाददाता धुरंधर सिंह। हाँ, तो धुरंधर बताएँ। जी सर्वज्ञ···इस वक्त मैं मशहूर हेयर स्टाइलिस्ट 'जा-बे' हबीब के सैलून के बाहर खड़ा हूँ। अभी-अभी युवा तेज गेंदबाज इशांत शर्मा अंदर गए हैं। उनके यहाँ आने को लेकर मतभेद बना हुआ है। कुछ का कहना है कि वो कटिंग करवाने आए हैं, तो कुछ का कहना है शेव करवाने। वहीं ऐसे भी लोग हैं, जिनका मानना है कि उन्नीस साल की उम्र में शेव तो उनके ढंग से आई नहीं, वो यहाँ जीरो नंबर मशीन फिरवाने आए हैं।

लेकिन सर्वज्ञ, सूत्रों से जो खबर हमें मिल रही है उसके हिसाब से वो यहाँ 'आईब्रो' बनवाने आए हैं। सूत्र बताते हैं कि जो मीडिया कंपनी इशांत का बिजनेस प्रमोशन देख रही है, उसे लगता है कि इशांत गेंद फेंकने के बाद बल्लेबाज को देखते हुए जब आईब्रो रेज करता है तो उसकी 'स्क्रीन प्रेजेंस' कुछ ठीक नहीं आती। इसीलिए कंपनी ने इशांत को सलाह दी है कि अच्छा हो अगर वो आईब्रो बनवा लें! तभी सर्वज्ञ बीच में काटते हुए, लेकिन बड़ा सवाल ये है कि क्या इतनी कम उम्र में उन्हें आईब्रो बनवानी चाहिए? मैं 'पर्सनल एक्सपीरियंस' से बता सकता हूँ कि अगर एक बार आप धागा लगवा लें तो हर पंद्रह दिनों में नाई के पास जाना पड़ता है। इस बारे में दर्शकों से जानना चाहेंगे। आप बताएँ, आपको क्या

लगता है कि उन्नीस साल की उम्र में इशांत शर्मा को आईब्रो बनवानी चाहिए? आप अपना जवाब 'हाँ' या 'न' में स्क्रीन पर दिए नंबर पर भेज सकते हैं।

और आइए, अब रुख करते हैं टीम इंडिया के कप्तान महेंद्र सिंह 'सो-नहीं' के शहर राँची का, जहाँ मौजूद हैं हमारे संवाददाता मुफ्तलाल। तो मुफ्तलाल बताएँ, क्या खबर है? सर्वज्ञ, इस वक्त मैं राँची के मेन मार्केट में मौजूद हूँ, जहाँ टीम इंडिया के कप्तान महेंद्र सिंह 'सो-नहीं' अपने भाई के साथ दही खरीदने आए हैं। हमने जब उनसे पूछा कि दही खरीदने वो बाजार क्यों आए हैं, तो उनका कहना था कि दही के मामले में मैं काफी चूजी हूँ, इसलिए दही खरीदने खुद ही बाजार आता हूँ; और जब उनसे पूछा गया कि आपकी माताजी घर पर दही नहीं जमातीं तो उन्होंने हँसते हुए बताया कि आप तो जानते ही हैं कि मैं दूध का कितना शौकीन हूँ। सारा दूध ऐसे ही पी जाता हूँ। दही जमाने लायक बचता ही नहीं। लेकिन सर्वज्ञ मैं आपको बताना चाहूँगा कि उन्होंने ये बताने से साफ इनकार कर दिया कि वो इस दही का आखिर करेंगे क्या?

सर्वज्ञ फिर बीच में कूदता है, तो मुफ्तलाल आपका कहना है कि 'सो-नहीं' ने ये बताने से साफ इनकार कर दिया है कि वो दही का क्या करेंगे? ये तो अपने आपमें बड़ी खबर है। चलिए, हम दर्शकों से ही पूछते हैं, आप बताएँ, क्या लगता है आपको कि महेंद्र सिंह 'सो-नहीं' जो दही लेकर आए हैं, उसका वो क्या करेंगे? इसके लिए आपके पास चार ऑप्शंस हैं।

ऑप्शन ए, क्या वो इस दही का बूँदी वाला रायता बनाएँगे? ऑप्शन बी, क्या वो दही को मिक्सी में फेंटकर उसकी लस्सी बनाएँगे? ऑप्शन सी, क्या वो दही की कढ़ी बनाएँगे? ऑप्शन डी, क्या वो बालों को मुलायम करने के लिए उसे सिर में लगाएँगे? आप अपने जवाब हमें आज शाम सात बजे तक हमारी वेबसाइट 'उनकी फुरसत, हमारी खबर डॉट कॉम' पर इ-मेल के जरिए भेज सकते हैं। इसके अलावा आप फलाँ नंबर पर एसएमएस भी कर सकते हैं या फलाँ नंबरों पर कॉल कर सकते हैं। और फोन पर अगर आप पैसे बरबाद न करना चाहें तो हमें मिस्ड कॉल कर लें, हमारा लड़का पलटकर खुद आपको कॉल कर लेगा।

□

सच्चे प्यार की तलाश!

कहते हैं सच्चा प्यार बड़े नसीब से मिलता है और इस मामले में मर्द खुद को ज्यादा ही बदनसीब मानते हैं। तभी तो उनकी ये तलाश 'सारी उम्र' जारी रहती है। और इस तलाश में वो डरते भी रहते हैं कि कहीं सच्चा प्यार मिल न जाए। वजह, जो मजा तलाश में है वो सच्चा प्यार पाने में नहीं!

सच्चे प्यार की ऐसी ही तलाश में मेरे एक मित्र भी हैं। वो पिछले छह महीनों में 'सच्चा प्यार' बता मुझे तीन लड़कियों से मिलवा चुके हैं। सच्चे का तो पता नहीं, पर उनका हर प्यार कच्चा जरूर साबित हुआ। वजह पूछी तो कहने लगे, 'असेसमेंट में चूक हो जाती है।' मतलब, मैंने पूछा।

मतलब ये डियर, तुम तो जानते ही हो कि बेसिकली मैं इंट्रोवर्ट किस्म का इनसान हूँ। जब मैं अपनी पहली गर्लफ्रेंड से मिला तो मुझे ये बात पसंद आई कि मेरी ही तरह वो भी कम बोलती है, सूफी संगीत की शौकीन और तनहाई पसंद है। फिर क्या था, एक-आध मुलाकात में ही लग गया मुझे ऐसी ही लड़की की तलाश थी। लेकिन···लेकिन क्या ? लेकिन, कुछ ही दिनों में मुझे वो बोर लगने लगी। हम जब भी डेट पर जाते, ऐसा लगता कि कहीं अफसोस करने आए हैं। न बताने के लिए मेरे पास कोई किस्सा और न सुनाने के लिए उसके पास कोई नई बात। हमें रियलाइज हुआ कि हम एक जैसे तो जरूर बने हैं, लेकिन एक-दूसरे के लिए नहीं बने! लिहाजा हम अलग हो गए।

इस बीच मुझे सुहानी मिली। नाम तो उसका सुहानी था, मगर वो किसी सुनामी से कम नहीं थी (घटिया कंपैरिजन)! क्या स्पार्क था उसमें! दोस्त के जरिए इंट्रोडक्शन हुआ। पहली ही मुलाकात में वो दिलो-दिमाग पर छा गई। उसकी बोल्ड ड्रैसिंग, जबरदस्त कॉन्फिडेंस, फर्राटेदार अंग्रेजी। मुझे मेरा सच्चा प्यार मिल गया था। मगर···मगर क्या? मगर कुछ दिनों में मुझे लगने लगा वो काफी लाउड

है। मुझ जैसे इंट्रोवर्ट आदमी के लिए उसके साथ एडजस्ट करना आसान नहीं था। मुझे उसका डॉमिनेटिंग नेचर परेशान करने लगा था। इससे पहले कि मैं अपना वजूद खोता, मैं उससे अलग हो गया।

और मेरे लेटेस्ट सच्चे प्यार की तो मत ही पूछो। पहली दोनों गर्लफ्रेंड्स का रीमिक्स थी वो। कब चुप रहना है, कब बोलना है—सब पता था उसे। अदा और अक्ल का शानदार कॉम्बो थी वो। और फिर, एक रोज पता चला प्यार के मामले में वो डेमोक्रेसी में बिलीव करती थी। ऐसी डेमोक्रेसी, जहाँ हर तीन महीने में नया उम्मीदवार चुना जाता था! उसने मुझे छोड़ दिया।

चेहरे पर मायूसी लाते हुए मित्र बोला, सच्चे प्यार की तलाश करते-करते मैं थक चुका हूँ। सोचता हूँ, क्या सोचते हो? सोचता हूँ, अब कुछ वक्त अपनी बीवी में ही सच्चे प्यार को तलाशने की कोशिश करूँ!

मैं मित्र की हताशा समझ सकता हूँ। वैसे भी किसी ने ठीक ही कहा है, जब एक औरत को जिंदगी में सच्चा प्यार नहीं मिलता तो वो अपनी माँ के पास चली जाती है और इसी सूरत में आदमी अपनी बीवी के पास!

□

ये सब छापकर तुम्हें क्या मिलेगा?

अखबार में खबर पढ़ी कि हॉलीवुड एक्ट्रैस एंजेलीना जॉली ने पति ब्रैड पिट को उनके जन्मदिन पर 12 अरब, 30 करोड़ कीमत का 'दिल' के आकार का एक द्वीप खरीदकर दिया है। द्वीप में फार्म हाउस के अलावा निजी हैलीपैड भी है। अगर मैं गलत नहीं हूँ तो सिर्फ इस खबर को पढ़ने से ढाई-तीन हजार भारतीय घरों में तलाक हो गए होंगे। पंद्रह-बीस हजार घरों में झगड़े हुए होंगे और सौ-पचास में तो मार-पीट तक की नौबत आ गई होगी।

मैं उस अखबार के संपादक से पूछना चाहूँगा कि किसी भी खबर को छापने के पीछे आपका मकसद क्या होता है? आम आदमी को जानकारी देना या उसकी आत्मा को क्लेश पहुँचाना?

मतलब, पेज 15 पर आप छापते हैं कि सब्जी के साथ मुफ्त धनिया न देने पर महिला ने रेहड़ीवाले के सिर में ईंट मारी और अगले ही पेज पर बताते हैं कि एंजेलीना ने पति के लिए 12 अरब का आइलैंड खरीदा।

भाई, थोड़ी तो संवेदनशीलता दिखाओ। कुछ तो सोचो, धनिए के लिए धर्मयुद्ध लड़नेवाली यही महिला सुबह-सुबह अखबार के पन्ने पलटते वक्त जब ये सोचती होगी कि इस जन्मदिन पर पति को शेविंग फोम की बड़ी बॉटल के साथ 3 के साथ मिलनेवाला 1 फ्री रेजर दूँ या फिर गरम जुराबों का जोड़ा, तभी तुम अगले पन्ने पर उसे पति को 12 अरब का द्वीप देने की खबर पढ़वा देते हो। बरखुरदार, ऊपरवाले का कुछ तो खौफ खाओ!

मुझे याद है कि कुछ वक्त पहले ऐसी ही एक खबर से मेरा तलाक होते-होते बचा था। जब इन्हीं दिनों जन्मदिन से पहले बीवी ने रिस्ट वॉच की डिमांड की और मैंने ये कहकर मना कर दिया कि रिस्ट वॉच की क्या जरूरत है, तुम्हें टाइम ही देखना है, मोबाइल से देख लो! फिर उसने कहा—चलो, नया स्वेटर दिला दो।

और मैंने कहा, 2 महीने रुक जाओ, जाती सर्दी की सेल में दिलवा दूँगा। 200 रुपए सस्ता पड़ेगा।

और अभी मैं 200 रुपए की इस बचत के संभावित निवेश की योजनाओं से उसे अवगत करवा ही रहा था कि तुमने खबर छाप दी—अनिल अंबानी ने बीवी को उसके जन्मदिन पर दी 400 करोड़ की यॉट। सच! उस यॉट ने तब मेरी वाट लगा दी और फिर बीवी ने जो हश्र किया, वो रहस्य ही बना रहे तो बेहतर है!

□

रचनात्मकता का गौरव और धंधेबाज का स्वार्थ!

उनके बचपन का सपना था कि वो क्रिकेटर बनें पर माँ-बाप की ख्वाहिश थी कि वो इंजीनियर बनें। उन्हें किसी सयाने ने कहा कि इनसान शौक को पेशा बना ले, तो जिंदगी उत्सव हो जाती है और उसकी बात मान उन्होंने शौक को पेशा बना भी लिया। बिना ये रियलाइज किए कि मौजूदा दौर में इनसान की सबसे ज्यादा जान उत्सव ही निकालते हैं। आप जो कल तक सोचते थे कि दिवाली खुशियों का त्योहार है, बाजार आपको समझाता है कि दिवाली खुशियों का नहीं, खर्चों का त्योहार है। पटाखों से लेकर मिठाई तक हर चीज इतनी महँगी है कि आप अफसोस करने लगते हैं कि दशहरे पर रावण के पुतले से लिपटकर मैंने भी अपनी जान क्यों न दे दी? आपके बजट को तहस-नहस करके त्योहार गुजर जाता है और बाकी बचे महीने में गुजारा करने लायक पैसों को आप यूँ देखते हैं, जैसे हरिकेन के गुजर जाने पर पीड़ित अपना बचा सामान देखता है। बाजार का दबाव आपके त्योहार के भाव को रौंद डालता है और आप सोचते रह जाते हैं कि मैं त्योहार पर क्या कुछ नहीं करना चाहता था और त्योहार ने मेरे साथ क्या कुछ नहीं कर दिया!

ठीक इसी तरह जिंदगी को उत्सव बनाने की उम्मीद में एक युवा जैसे ही अपने शौक को पेशा बनाता है वो जान जाता है कि हकीकत में तसवीर उतनी गुलाबी नहीं है, जितनी उसने अपने हाईडेफिनेशन सपने में देखी थी। एक खिलाड़ी के तौर पर वो सुनता आया था कि हार या जीत मायने नहीं रखती, खेल में हिस्सेदारी रखती है। जैसे ही वो ये बात अपने एजेंट को बताता है, वो गुस्से में उससे पूछता है, हू टोल्ड यू दिस नॉनसेंस! एक मैच हारोगे तो आलोचक तुम्हारी बखिया उधेड़ देंगे, दूसरा हारे तो चयनकर्ता सवाल उठाएँगे, एक और हारा तो

साथी टाँग खींचने लगेंगे और कहीं सारे हार गए तो आधे से ज्यादा विज्ञापन तुम्हारे हाथ से चले जाएँगे। 'डोंट यू नो स्टेक्स कितने हाई हैं' और तुम कहते हो कि हार या जीत मायने नहीं रखती। जिसने तुम्हें यह बात कही है, वो जरूर सारी उम्र गली में खेलता रहा होगा।

एजेंट जैसे ही अपनी बात खत्म करता है, खिलाड़ी 'जो हुक्म मेरा आका' कहकर सहमति में सिर हिलाता है। उसकी खेल भावना उसे बताती है कि एक स्पोर्टिंग विकेट मैच के तीसरे दिन टर्न लेता है पर हाई स्टेक्स उसे बताते हैं कि अच्छा विकेट मैच शुरू होने के दो दिन पहले ही टर्न लेने लगता है। पिच टर्न लेगा, टीम जीतेगी तभी तो उसमें पैसा लगानेवाले बाजार को रिटर्न मिल पाएगा। खिलाड़ी समझ जाता है कि बाजार के रिटर्न के लिए पिच में टर्न जरूरी है। मैदान में आसानी से हथियार डाल देनेवाला हमारा रणबाँकुरा ये जान टर्निंग विकेट के लिए जी-जान लगा देता है और वो पा भी जाता है, जो चाहता है। भले ही आधे-अधूरे विकेट पर मैच होने से टेस्ट क्रिकेट थोड़ा और मर जाए, मगर उसे पूरा भरोसा है कि यहाँ जीत गए तो उसका कॅरियर असमय मौत से बच जाएगा।

कल ही एक फिल्म स्टार कह रहा था कि उसे इस बात की कोई फिक्र नहीं कि क्रिटिक उसकी मूवी के बारे में क्या कहते हैं, जब तक उसकी हर फिल्म सौ करोड़ का कारोबार करती रहे। मैं सोचने लगा कि ये तो एक फिल्म एक्टर है, सिनेमा से जुड़ा है। सिनेमा को तो कई लोग साहित्य से भी बड़ी कला मानते हैं और अगर इसकी इकलौती चिंता फिल्म के सौ करोड़ कारोबार की है तो क्यों नहीं इसने सीमेंट की फैक्ट्री खोल ली? सिनेमा से जुड़कर आप रचनात्मक होने का गौरव भी पालना चाहते हैं और एक धंधेबाज का स्वार्थ भी नहीं छोड़ना चाहते।

किसी दार्शनिक ने कहा था कि जिंदगी ऐसे जिओ, जैसे वो कोई खेल है। लेकिन जब खेल के टेलीकास्ट राइट्स करोड़ों में बिकने लगें तो उसमें जिंदगी से ज्यादा तनाव आ जाता है। जब फिल्म का टोटल कलेक्शन ही उसकी एकमात्र समीक्षा हो जाए, तो कलाकार भी कला को नया आयाम देने के बजाए कमाई को नए आयाम देने में लग जाता है। सच! खेल और कला का सिर्फ धंधा हो जाना किसी भी देश के सौंदर्य की मौत है।

□

मुफ्त मोबाइल की दूरगामी सोच

जब से ये बात सामने आई है कि सरकार बीपीएल परिवारों को मुफ्त मोबाइल बाँटने की योजना बना रही है, तब से चारों ओर उसकी आलोचना हो रही है। और इन आलोचनाओं के पीछे जो तर्क दिए जा रहे हैं वो उतने ही घटिया हैं, जितने बाजार में मौजूद ज्यादातर चाइनीज मोबाइल। लिहाजा मैंने तय किया है कि न सिर्फ ऐसी हर-एक आलोचना का जवाब दूँ, बल्कि योजना के पीछे सरकार की जो नीयत है उसे भी लोगों के सामने लाऊँ। तो पेश-ए-खिदमत हैं सरकारी पक्ष पर रोशनी डालती कुछ दलीलें—

ज्यादातर लोगों का कहना है कि जब गरीब आदमी के पास खाने के लिए रोटी नहीं है, करने के लिए काम नहीं है तो वो भला मोबाइल का क्या करेगा? ऐसे लोगों को समझना चाहिए कि इनसान कितना भी दुःखी क्यों न हो, बात करने से उसका मन हलका होता है। ज्यादा तकलीफ तब होती है जब आपकी तकलीफ दूर करनेवाला भी कोई न हो और तकलीफ सुननेवाला भी। लिहाजा गरमी की किसी तपती दोपहर में जब झाबुआ का कोई गरीब आदिवासी नजदीक के गाँव में अपने दोस्त को फोन लगाकर ये पूछेगा कि और भई, क्या चल रहा है और दूसरी तरफ से जवाब आएगा—कुछ नहीं यार, बस भूखे मर रहे हैं, तो उसे ये सोचकर तसल्ली होगी कि अकेला मैं ही नहीं हूँ, जो भूखा मर रहा हूँ। इसके बाद अगले पंद्रह मिनट तक दोनों एक-दूसरे से अपने हालात का रोना रोएँगे, जिसके बाद उनका पेट भले ही न भरे, मन जरूर हलका हो जाएगा।

इस देश में गरीब आदमी की सबसे बड़ी शिकायत ये है कि कोई उसे इज्जत नहीं देता, मगर एक बार जब वो मोबाइल यूज करने लगेगा तो उसकी ये शिकायत भी दूर हो जाएगी। ओलावृष्टि से फसल नष्ट होने पर भले ही उसे छह महीने तक मुआवजा न मिले, मगर फोन पिक करते ही मधुर आवाज में जैसे ही दूसरी ओर से

एक कन्या पूछेगी कि सर, मैं एचडीसीसी बैंक से बोल रही हूँ, आपको किसी पर्सनल लोन की रिक्वायरमेंट तो नहीं, तो हो सकता है वो गश खा जाए!

अब आप उस किसान की जगह खुद को रखकर देखिए। एक तरफ 1500 के मुआवजे के लिए छह महीने से दौड़ाता सड़ियल प्रशासन और दूसरी तरफ बिना किसी जान-पहचान के घर बैठे 50,000 के लोन का ऑफर देती विनम्र कन्या! सच! सेल्फ रिस्पेक्ट के लेवल पर रातो-रात कितना कुछ बदल जाएगा।

कल तक इज्जत न मिलने की शिकायत करनेवाला किसान आज हर तीसरे मिनट मिलने वाले एसएमएस में ये पढ़कर फूला नहीं समाएगा कि नोएडा एक्सटेंशन के दसियों बिल्डर पिछले छह महीने से सिर्फ उसके लिए आखिर कुछ फ्लैट खाली रखे हुए हैं। हो सकता है, उसे सरकारी राशन दुकान से जिंदगी में कभी वक्त पर राशन न मिला हो, मगर कितनी खुशी होगी उसे ये जानकर कि एक रेस्टोरेंट हर रोज आठ घंटे के हैप्पी आवर्स में उसे सौ की चीज पचास में देने को तैयार हैं।

माना कि हैप्पी आवर्स के ऐसे एसएमएस पढ़कर गरीब आदमी सिर्फ मन की मिठाई खा सकता है, तो क्या हुआ…जब आज की पीढ़ी ट्विटर और फेसबुक के वर्चुअल वर्ल्ड में खुशियाँ तलाश सकती है तो क्या गरीब आदमी एसएमएस के जरिए मिलनेवाले इस आभासी आत्मसम्मान से खुश नहीं हो सकता?

कुछ लोगों का आरोप है कि मुफ्त मोबाइल बाँटकर सरकार वोट बैंक की घटिया राजनीति कर रही है मगर मैं इसे आरोप नहीं, नई शुरुआत मानता हूँ। आखिर कब तक हम चालीस-पचास साल पुराने ब्रांड की राजनीति करते रहेंगे? कब तक हमारे नेता जाति का हवाला देकर ये कहते रहेंगे कि अगर मैं जीतकर आ गया तो अपने लोगों को साइकिल स्टैंड का ठेका दिलवा दूँगा?

ऐसी बातें कहने से दुनिया में हमारी भद्द पिटती है। कहना ही है तो ये कहो कि अगर मैं जीतकर आ गया तो हर महीने अपनी बिरादरी के लोगों के मोबाइल रीचार्ज करवाऊँगा। टेलीकॉम कंपनियों को कहकर फैमिली प्लान की तर्ज पर कास्ट प्लान लाऊँगा, ताकि एक ही जाति के लोग आपस में मुफ्त बात कर सकें।

और दोस्तो, अगर ऐसा हुआ तो राजनीति को अपना चरित्र भी नहीं बदलना पड़ेगा और उन लोगों की शिकायत भी दूर हो जाएगी, जो अब तक कहते आए हैं कि हमारे नेता टैक्नोलॉजी से दूर भागते हैं!

□

बिल दिया है, जाँ भी देंगे!

हाल में एक सर्वे में बताया गया कि महिलाएँ जितनी ज्यादा शॉपिंग करती हैं, उतना ही ज्यादा जीती हैं। खबर पढ़ने के बाद लगा कि सर्वे अधूरा है, क्योंकि सर्वे करनेवाली कंपनी का मकसद अगर उन कारणों का पता लगाना था, जिससे इनसान की उम्र बढ़ती है, तो क्या कंपनी मर्दों को इनसान नहीं मानती? और अगर मानती है तो क्या उसने अपने सर्वे में ये पता लगाने की कोशिश की कि जो औरतें जितनी ज्यादा शॉपिंग करती हैं, कैसे उनके पतियों का रिटर्न टिकट वक्त से पहले कट जाता है।

क्या इसी कंपनी ने अपने सर्वे में ये पता लगाने की कोशिश की कि दस दुकानें घूमने के बाद भी जब बीवी दुकानदार को ये नहीं समझा पातीं कि व्हाइट, ऑफ व्हाइट, क्रीम और फॉन क्लर में क्या फर्क है, तो ये देखकर उसके पति का कितना खून खौलता है?

पंद्रह सौ के बजट के बावजूद जब वो 3000 का सूट ले लेती है, तो कैसे उसके पति का ब्लड प्रेशर दोहरे शतक की तरफ बढ़ने लगता है! जूती, जैकेट और साड़ियों की आधा दर्जन थैलियाँ हाथ में थामे, जब बीवी डायमंड शो रूम के बाहर, महँगे नेकलेस को, 'तुझे तो मैं छोड़ूँगी नहीं', के अंदाज में देखती है, तो कैसे उसके पति की हार्टबीट उसेन बोल्ट से तेज दौड़ने लगती है!

और इस तरह बीवी को लगातार शॉपिंग करवाने से उसकी हार्टबीट और ब्लड प्रेशर में जो फ्लक्चुएशन आता है, उससे उसमें हार्ट अटैक की आशंका कितनी बढ़ जाती है।

दावा करता हूँ कि कंपनी अगर स्टडी करवाती, तो पता चलता कि कैसे ऐसी औरतों के पति जीवन भर क्रेडिट कार्ड की किस्तें भरते-भरते और शॉपोहॉलिक बीवी के आगे गिड़गिड़ाते-गिड़गिड़ाते उम्र से पाँच-दस साल पहले ही ठाकुर साहब

की चौखट पर दम तोड़ देते हैं।

इसके बाद भी उस वीर-शहीद की दिलेरी देखिए, मृत्युशय्या पर लेटे-लेटे भी वो बीवी को कन्विंस कर रहा होता है कि संकोच मत करना और बीमे के पैसे आते ही वो डायमंड सेट खरीद लेना, जिस पर इतने समय से तुम्हारी बुरी नजर थी। इधर उत्साह छिपा बीवी 'पक्का' कहते हुए वचन देती है और उधर वो मतवाला पतित्व की राहों में ये गाते-गाते अपनी जान दे देता है ··· बिल दिया है, जाँ भी देंगे···ऐ बीवी तेरे लिए।

□

ऐसे मनाई मैंने इको-फ्रेंड्ली दीपावली!

खुशियों का संबंध जब भी खर्चा करने से होता है तो मैं उस पुरातन सच का रुख करता हूँ जो कहता है, असली खुशी मन में होती है! होने को तो खुशी धन से भी होती है मगर धन अगर आपके पास न हो और खर्चा करना पड़े तो मन की खुशी भी खंडित हो सकती है। दिवाली चूँकि खुशियों का त्योहार है इसलिए मैं नहीं चाहता था कि कुछ ऐसा करूँ जिससे मन दुःखी हो, लिहाजा इस बार मैंने इको-फ्रेंड्ली दिवाली मनाने का फैसला किया। इससे पहले की इस इको पर आप सफाई माँगें, बताना चाहूँगा कि जैसे भूखा आदमी रवाना को भी खाना पड़ता है, रूमाल में रूमाली रोटी ढूँढ़ता है, उसी तरह जब वो इको जैसा कोई शब्द सुनता है तो उसे यही लगता है कि इसका संबंध पर्यावरण से नहीं, किफायत से है। इसलिए जब मैं इको-फ्रेंड्ली दिवाली की बात कर रहा हूँ तो उसका संबंध भी पर्यावरण अनुकूल दिवाली से नहीं, बल्कि किफायती दिवाली से है।

सो, अपनी इको-फ्रेंड्ली दिवाली की शुरुआत मैंने धनतेरस से की। इससे पहले कि मैं बताऊँ कि मैंने धनतेरस कैसे मनाई, मेरा सुझाव है कि देश में आम आदमी की स्थिति को देखते हुए धनतेरस का नाम बदलकर हमें निर्धनतेरस कर देना चाहिए। इससे देश का गरीब आदमी त्योहार से ज्यादा जुड़ाव तो महसूस करेगा ही, उसमें ये भाव भी पैदा होगा कि ये हमारा पर्व है, मतलब हम इसे अपने तरीके से मना सकते हैं। मसलन, परंपरा कहती है कि धनतेरस के दिन हमें सोना खरीदना चाहिए। मगर मुझे लगता है कि जब ये परंपरा पड़ी होगी तब सोना 32,000 रुपए तोला नहीं रहा होगा। उस समय भारत सोने की चिड़िया थी, लिहाजा ऐसी किसी मान्यता को परंपरा बनने में देर नहीं लगी होगी।

मगर आज परंपरा के नाम पर अगर आप किसी पर दबाव डालें कि आज धनतेरस है, तुम्हें सोना खरीदना होगा तो वो बेचारा सोना खरीदने तो नहीं जाएगा,

अलबत्ता परेशान होकर सोने जरूर चला जाएगा। पलायन चूँकि मेरी फितरत में नहीं है इसलिए मैं सोने नहीं गया और आखिरकार परंपरा का निर्वाह करते हुए मैंने सोना-चाँदी च्यवनप्राश खरीद लिया!

हमें सोना खरीदना चाहिए मगर उन्होंने स्टार लगाकर कहीं ये कंडीशन अप्लाई नहीं की कि हमें सोने के नाम पर च्यवनप्राश नहीं खरीदना चाहिए। अब ऐसे समय जब देश में लोग नियमों में ढिलाई का फायदा उठा करोड़ों के हेर-फेर कर सकते हैं तो मुझ जैसा गरीब क्या च्यवनप्राश नहीं खरीद सकता!

इसके बाद बारी आई मिठाई खरीदने की। टीवी पर लगातार मिलावटी मिठाई की खबरें सुनकर मैं काफी डरा हुआ था। मुझमें इतनी समझ नहीं कि असली-नकली में फर्क कर पाऊँ। लिहाजा मैं सपरिवार मिठाई खरीदने दुकान पर गया। हर एक काउंटर पर जाकर हमने मिठाई टेस्ट की। आधे घंटे तक अलग-अलग मिठाई चैक करने के बाद जब दुकानदार ने पूछा भाईसाहब, कौन सी दूँ, तो हाथ जोड़कर मैंने बस इतना कहा कि भइया खरीदनी नहीं है, हमें तो बस त्योहार के मौके पर मुँह मीठा करना था सो हो गया''हैप्पी दिवाली! मेरा इतना कहना था कि मुझे एक लड्डू और खाने को मिला। हालाँकि ये वो लड्डू था जो मेरे दुकान से भागने के दौरान उसने मुझे मारा था और जो मेरी गरदन के पीछे शर्ट के कॉलर में फँस गया था, जिसे मैंने घर पहुँचने पर निकालकर खा लिया।

आखिर में बचे पटाखे जोकि इको-फ्रेंड्ली दिवाली के सबसे बड़े दुश्मन हैं, क्योंकि न तो ये इकोलॉजिकल हैं और न ही इकोनॉमिकल हैं। फिर भी घरवालों के तमाम दबाव और लानतों के बावजूद मैं पटाखे खरीदने दुकान पर गया।

जैसे ही दुकान पर जाकर पटाखों के रेट पूछे तो मेरे कानों से धुआँ निकलने लगा, चेहरे की हवाइयाँ उड़ने लगीं, सिर गोल-गोल घूमने लगा और ठीक उसी पल मुझे ये अहसास हुआ कि जब एक पटाखे के सभी गुण मुझमें मौजूद हैं तो अलग से पटाखे खरीदकर पैसे क्यों वेस्ट करूँ? और आखिर मैं बिना सोने, मिठाई और पटाखों के दिवाली का आनंद ले रहा हूँ और आसमान में छोड़े जा रहे रॉकेटों को देख यही सोच रहा हूँ कि क्या इसमें से कोई आसमान छूती महँगाई को भेद पाएगा, शायद नहीं, क्योंकि अब तो महँगाई भी धरती के गुरुत्वाकर्षण क्षेत्र को पार कर चुकी होगी!

□

देश के लिए अपनी प्यास घटाओ

सेवा एक ऐसा भाव है जो करने में आनंद देता है और करवाने में परमानंद! बचपन से हमें बताया जाता है कि बड़ों की सेवा करो, पुण्य मिलेगा। वाक्य संरचना पर गौर करें तो इसकी शुरुआत उपदेश से होती है—बड़ों की सेवा करो। मन में सवाल उठता है, मगर क्यों? क्या फायदा? लेकिन वाक्य का अगला हिस्सा भरोसा देता है, पुण्य मिलेगा। अब पूरा प्रस्ताव हमारे सामने कुछ इस तरह से है कि बड़ों की सेवा करो तो पुण्य मिलेगा।

हम भारतीयों से कुछ भी करवाना बड़ी टेढ़ी खीर है। जब तक कोई मुनाफा न हो, तब तक हम कुछ नहीं करेंगे, भले ही वो सेवा ही क्यों न हो। तमाम माँ-बाप बच्चों को कहते हैं, बेटे दादाजी के पाँव दबा दो पुण्य मिलेगा। पुण्य की दलील बच्चे को मना नहीं पाती और आखिर में उसे पाँच रुपए का लालच दे पाँव दबवाने पड़ते हैं। बच्चे को पाँच रुपए मिलते हैं तो वो दुकान से कुरकुरे का पैकट खरीद लेता है।

बच्चे की कम अक्ल ये मोटी बात जान लेती है कि सेवा फायदे का सौदा है। अब वो सेवा की 'ताक' में रहता है। दादाजी पाँव दबाऊँ, हाँ बेटा जरूर, पाँच रुपए तो खुल्ले हैं न। हाँ बेटा, हैं…अब सिलसिला निकल पड़ा है। दादाजी को टाँग दबानेवाला होम मसाजर मिल गया है। बच्चे के लिए डेली कुरकुरे का बंदोबस्त हो गया है और माँ-बाप ये सोचकर खुश हैं कि चंद रुपयों के लालच में अगर बच्चा अच्छा काम कर रहा है तो इसमें बुरा क्या है?

लेकिन अभी कहानी में ट्विस्ट है। ये एक ज्वॉइंट फैमिली है। बच्चे के कजन को पता चल गया है कि दादाजी टाँग दबाने के पाँच रुपए देते हैं। एक दिन वो भी दादाजी के पास जाता है। कहता है, दादाजी मैं भी आपकी टाँगें दबाऊँगा। दादाजी का सीना ये सोच खुशी से चौड़ा हो जाता है कि दुनिया के सबसे संस्कारी

बच्चों की डिलिवरी उन्हीं के घर हुई है।

मगर पहला बच्चा इससे काफी परेशान है। उसे बरदाश्त नहीं कि उसके अलावा कोई और दादाजी की सेवा करे। सेवा में हिस्सेदारी उसे पसंद नहीं। ये तकलीफ एक्स्क्लूसिवली वो खुद ही उठाना चाहता है।

खैर! इस कहानी को मौजूदा संदर्भ में देखें तो पता नहीं क्यों मुझे दादा की हालत लोकतंत्र जैसी और खुंदकी बच्चों की हरकतें नेताओं जैसी लग रही है, जो चाहते हैं कि लोकतंत्र रूपी दादा की सेवा सिर्फ वही करें और बदले में मिलनेवाला सारा मेवा एकमुश्त वही खा जाएँ। इस समय देश के कई राज्यों में चुनाव होने हैं और आप देखिए, वहाँ किस तरह नेता जनता की सेवा करने के लिए मरे जा रहे हैं। हर पार्टी दफ्तर के बाहर कार्यकर्ताओं की फौज दिखाई देती है। हर किसी की यही कोशिश है कि जैसे-तैसे उसे टिकट मिल जाए। इसी कोशिश में ये कार्यकर्ता अकसर आपस में भिड़ पड़ते हैं। एक दूसरे के सिर फोड़ देते हैं, गाली-गलौज करते हैं, लहूलुहान हो जाते हैं और ये सब सिर्फ इसलिए कि किसी तरह उन्हें टिकट मिल सके और चुनाव जीतकर वो देश की सेवा कर पाएँ। सच! सेवा करने की तड़प और मेवा खाने की उमंग! वाकई बड़ी सुंदर स्थिति है!

अब अगर आप अपने आसपास नजर दौड़ाएँ तो पाएँगे कि सेवा को लेकर ऐसी मारा-मारी शायद ही कहीं और मची हो। और अगर आप ये सोच रहे हैं कि सिर्फ चुनाव जीतने से राजनीति में लोगों की सेवा करने की तड़प शांत हो जाती है, तो आप गलत हैं। कोरा विधायक या सांसद बनने पर इन्हें व्यर्थताबोध सताने लगता है। ये महसूस करते हैं कि सेवा करने के जो मंसूबे लेकर ये राजनीति में आए थे, वो तब तक पूरे नहीं हो सकते, जब तक कि इन्हें कोई मंत्री पद न मिल जाए। कुछ को मिल भी जाता है। मगर उनके अंदर का सेवादार इतना डिमांडिंग होता है कि कुछ समय बाद वो किसी महत्त्वपूर्ण मंत्रालय की माँग करने लगता है। इस तरह ये सिलसिला चलता रहता है। कालांतर में औकात के हिसाब से एक राजनेता राजनीति में सेवा करने की अपनी समस्त संभावनाओं को पा भी जाता है।

मगर फिर किसी रोज पता चलता है कि उसने तो गरीब, बेसहारा लोगों की मदद के लिए एक ट्रस्ट भी खोल रखा है। बस, ये जानकर मैं अपने आँसू नहीं रोक पाता। खुद पर कोफ्त होने लगती है। अपने स्वार्थी जीवन पर मेरा सिर घुटने तक शर्म से झुक जाता है। दिल करता है कि इनसे पूछूँ, भाई, एक जीवन में तुम इतनी सेवा कैसे मैनेज कर लेते हो? क्या लोगों की सेवा करते-करते तुम्हारा पेट नहीं भरता? तुम्हारी प्यास नहीं बुझती? मैं तो दिनभर में पाँच मिनट से ज्यादा अच्छी

बात कर लूँ तो मुझे मितली आने लगती है। और एक तुम हो कि सच बताओ, कहीं तुम विज्ञापन वाली उस अभिनेत्री की बातों में तो नहीं आ गए जो कहती है, अपनी प्यास बढ़ाओ। अगर ऐसा है तो मैं आज ही उससे गुजारिश करता हूँ कि एक बार तुमसे कह दे, अपनी प्यास घटाओ। प्लीज घटाओ...ये देश तुमसे रहम की भीख माँगता है।

□

महँगाई से निपटने के कुछ उपाय

बताने की जरूरत नहीं कि सरकारें करने का नहीं, कहने का खाती हैं। और आज जब महँगाई के चलते आम आदमी का खाना मुश्किल हो रहा है, सरकार बहानेबाजी के फ्रंट पर भी मुँह की खा रही है। उससे कुछ भी कहते नहीं बन रहा। आखिर क्या हो गया हमारे नेताओं की रचनात्मकता को? जादू की छड़ी नहीं है, टाइप एक-आध बयान आए भी, लेकिन बात बनी नहीं। एक कांग्रेसी नेता ने बढ़ी महँगाई के पीछे बीजेपी समर्थित व्यापारियों का हाथ बताया, लेकिन ये बात भी विपक्ष पर हमला कम और एसएमएस जोक ज्यादा लगी। बहरहाल, सरकार का ये आत्मसमर्पण मुझसे देखा नहीं जा रहा और मैंने तय किया है कि इस बारे में उसकी कुछ मदद करूँ। मैं जानता हूँ कि वो महँगाई से जनता को तो नहीं बचा सकती लेकिन मेरी सलाह मान ले तो महँगाई से खुद को जरूर बचा सकती है।

1. कुछ लोगों का कहना है कि सरकार को महँगाई की खबर इतनी देर से इसलिए लगी, क्योंकि ज्यादातर सांसद और विधायक तो संसद् और विधानसभा की कैंटीनों में भयंकर सब्सिडी वाला खाना खाते हैं। उन्हें लगता रहा कि जितना सस्ता खाना यहाँ मिलता है, उतना ही बाहर भी मिलता होगा। बहरहाल, मेरा सरकार से निवेदन है कि वो अपने तमाम सांसदों को आदेश दें कि संसद् का सत्र शुरू हो चुका है, इसलिए जितने दिनों तक सत्र चले वो रोजाना पचास-सौ लोगों का खाना संसद् की कैंटीन से पैक करवाकर ले जाएँ और टिफिनों में भर-भरकर अपने-अपने इलाकों में पहुँचाएँ। हो सकता है खाना पहुँचने तक ठंडा हो जाए लेकिन इस पर भी लोग नाराज नहीं होंगे। अब आप ही बताएँ जिनके लिए खाने की याद तक बासी हो चुकी हो, वो भला बासी खाने की क्या शिकायत करेंगे!

2. अंत्योदय योजना की तरह एक कैलेंडर और पोस्टर योजना भी शुरू की जाए। लोग सब्जियों की शक्ल न भूल जाएँ, इसलिए उनके पोस्टर छपवाकर घर-घर पहुँचाए जाएँ। इसके पीछे मकसद यही हो कि महँगाई में आप भले ही शिमला मिर्च खा न सकें, कम-से-कम रसोई में इसका पोस्टर तो लगा ही सकते हैं। पोस्टर छपवाने में ज्यादा खर्चा न आए इसके लिए हर इलाके में उसी कंपनी से करार किया जाए, जो किसानों की कर्ज माफी के बड़े-बड़े होर्डिंग्स छाप रही है। इससे डिस्काउंट मिलेगा। साथ ही सब्जियों और दालों की तसवीरोंवाले कैलेंडर भी राशन की दुकानों पर उपलब्ध करवाए जाएँ, ताकि रेहड़ी पर सब्जियाँ देख आम आदमी नॉस्टैलजिक फील न करे और महीना बदलने के साथ ही वो कैलेंडर में आँख का जायका भी बदल सके।
3. सब्जियों के साथ-साथ दूध भी आम आदमी की पहुँच से बाहर हो रहा है। बड़ों की तो विशेष बात नहीं पर बच्चों को इसकी खासी जरूरत होती है। ऐसे में सरकार पोलियो ड्रॉप्स की तरह दूध ड्रॉप्स पिलाने के लिए 'मिशन दूध' शुरू करे। महीने में एक दिन तय करे, जब लोग अपने बच्चों को नजदीकी केंद्रों पर ले जाकर दूध ड्रॉप्स पिलवाएँ। और लगे हाथ चाय के लिए कुछ बूँदें साथ ले आएँ। इसका स्लोगन भी 'दो बूँद जिंदगी की' रखा जाए। ये बात अलग है कि इससे बच्चों को जिंदगी मिले-न-मिले, सरकार को जरूर मिलेगी।
4. भूखे आदमी का दिमाग भी कम चलता है। लिहाजा अगर सरकार अगले डेढ़ सौ सालों तक भी ये समझाती रहेगी कि महँगाई इसलिए बढ़ी है, क्योंकि कच्चे तेल की कीमत एक सौ बीस डॉलर प्रति बैरल हो गई है, तब भी लोग नहीं समझेंगे। वायदा कारोबार के लिए बीजेपी पर हमला करने और अमेरिकी मंदी का हवाला देने से भी बात नहीं बनेगी। जरूरत है सरकार जिले से लेकर पंचायत स्तर के तमाम पार्टी मुख्यालयों को हिदायत दे कि अपने-अपने इलाकों में नुक्कड़ नाटकों के जरिए लोगों को ये कारण समझाएँ। इसके लिए पार्टी के नाटकबाज कार्यकर्ताओं की मदद ली जाए। उन्हें निर्देश दिए जाएँ कि राहुल बाबा को कृष्ण और सोनिया गांधी को माँ दुर्गा के रूप में दिखानेवाले पोस्टर बनाने का काम छोड़कर फौरन इन नाटकों की तैयारी की जाए। नाटक खत्म होने तक लोग रुके रहें, इसके

लिए आखिर में चाय-मट्ठी का बंदोबस्त किया जाए।

5. और आखिर में महँगाई पर सबसे ज्यादा हल्ला करनेवाले वामदलों को सरकार कठघरे में खड़ा करे। उनसे पूछा जाए तुम लोग दिन-रात चीन की चमचागिरी में बिताते हो, उसका आखिर क्या फायदा? उनसे पूछो बाकी सस्ते सामानों की तरह क्यों नहीं वो सस्ती सब्जियाँ भी भारत को बेचता? उसे समझाओ कि अलार्म क्लॉक बेचना बंद करे, हम हिंदुस्तानी वैसे भी लेट उठते हैं, कुछ भेजना ही है तो सस्ती सब्जियाँ भेजे।

□

अगला स्टेशन कश्मीरी गेट है

एक जमाना था, जब लोग मुझे पलट-पलटकर देखते थे और अब हालत ये है कि मैं खुद को अलट-पलटकर देखता हूँ। गाल इतने फूल गए हैं कि आइने में सामने देखने पर कान नहीं दिखते और तोंद इतनी बढ़ गई है कि सीधे खड़े होकर नीचे देखने पर पैर नजर नहीं आते। डबल चिन कब की ट्रिपल चिन हो चुकी है। शरीर की ज्यामिति छिन्न-भिन्न हो चुकी है। संपूर्ण काया चिल्ला-चिल्लाकर खुद के कायाकल्प की माँग कर रही है। हुलिया न बदलने पर बीवी, पति बदलने की धमकी दे रही है। आखिरकार काया की माँग और बीवी की धमकी से घबरा मैं जिम पहुँचता हूँ।

जिम में जिस मशीन पर मैं दौड़ रहा हूँ, उसके परिजनों ने उसका नाम ट्रेड मिल रखा है। इस पर दौड़ते आज मेरा छठा दिन है। पहले पाँच दिन इस पर मैं पंद्रह से बीस मिनट दौड़ चुका हूँ। हर बार दौड़ खत्म करने पर इसकी स्क्रीन पर लिखा आता है—कूल। मशीन के इस शिष्टाचार पर मुझे खुशी होती है। वह दौड़नेवाले को अपनी तरफ से कॉम्पलिमेंट देती है। उसका हौसला बढ़ाती है। मगर आज मैं दो-चार मिनट में ही रुक जाता हूँ। डर है कि आज वो लानत देगी। पर आश्चर्य···दो मिनट दौड़ने के बावजूद सामने लिखा आता है—कूल। मुझे हैरानी है कि उसने बैड या पुअर जैसा कुछ नहीं कहा। बुरी परफॉर्मेंस के बावजूद मेरा हौसला बढ़ाया। कोई फिटनेस ट्रेनर होता तो झाड़ लगाता। मगर मशीन ने ऐसा नहीं किया। मशीन ने क्या···उसे बनानेवालों ने उसे ऐसा करने की इजाजत नहीं दी। उसकी प्रोग्रामिंग के समय इनसानी भावनाओं का खयाल रखा गया। हैरानी इस बात की है कि ऐसे समय जबकि हम इनसान के लगातार संवेदनाशून्य होने की बात कर रहे हैं, मशीनें बनाते समय ये खयाल रखा जाता है कि वो सभ्य बरताव करें। दो मिनट दौड़नेवाले शख्स का भी कूल कहकर हौसला बढ़ाएँ।

ट्रेड मिल ही नहीं, संस्कारों की ऐसी ही नुमाइश रेलवे स्टेशनों पर खड़ी वजन तोलनेवाली मशीनें भी करती हैं। वजन के बारे में सच बोलना उनकी मजबूरी है। मगर आपके चरित्र-चित्रण से पहले वो ऐसी किसी मजबूरी को नहीं मानतीं। मेरा मानना है कि ऐसे लोग जिनके कान अपनी तारीफ सुनने को शताब्दियों से तरस रहे हैं, वे शताब्दी एक्सप्रेस पकड़ने से पहले रेलवे स्टेशन पर वजन कर लें। निजी जीवन में आप कितने भी घटिया, मक्कार और लीचड़ क्यों न हों, मगर वजन का टिकट बताएगा कि आप एक नेकदिल, खुशदिल और अक्लमंद इनसान हैं। एक रुपए के एवज में ऐसी चापलूसी आपको पूरी दुनिया में कहीं सुनने को नहीं मिलेगी। आपके बारे में ऐसे विशेषणों का इस्तेमाल किया जाएगा जिनके इस्तेमाल की आपके दोस्तों ने कभी जरूरत महसूस नहीं की। एक पल के लिए आप भी इन विशेषणों को सच मान बैठते हैं। महाआलसी खुद की तारीफ में अनुशासित पढ़ बौरा जाता है। उसे लगता है कि मशीन के अलावा उसे आज तक किसी ने पहचाना ही नहीं।

यकीन मानिए दोस्तो, इसी तारीफ के लालच में गाड़ी का इंतजार करते हुए बचपन में मैंने एक साथ दस-दस बार अपना वजन किया। वजन तो हर बार एक ही निकला मगर तारीफ अलग-अलग थी। कुछ बड़ा हुआ तो अक्ल आई कि मशीन ट्रेड मिल की हो या वजन की, हौसला अफजाई इनके संस्कारों का स्थायी हिस्सा है। भूलकर भी ये नहीं कह सकतीं कि तुम्हारे जैसा वाहियात आदमी मैंने आज तक नहीं देखा!

ऐसा ही कुछ हाल एटीएम मशीनों का भी है। इनसानों से पैसे लेते समय आप दसियों बार गिनने के बाद भी आश्वस्त नहीं हो सकते, मगर एटीएम मशीनें ऐसी गड़बड़ी नहीं करतीं। कम-से-कम मेरे साथ तो ऐसा आज तक नहीं हुआ। ईमानदारी इनके चरित्र की मुख्य विशेषता है। हो सकता है कि दस बार कहने पर बीवी आपको सुबह उठाना भूल जाए मगर अलार्म क्लॉक ऐसा आलस नहीं करती। मैट्रो में लगा ऑटोमैटिक सिस्टम कभी याद दिलाना नहीं भूलता कि अगला स्टेशन कश्मीरी गेट है, दरवाजे बाईं ओर खुलेंगे। सच! ये मशीनें संवेदनशीलता, ईमानदारी और अनुशासन का पर्याय बन गई हैं। लोग शिकायत करते हैं कि इनसान मशीनी हो गया है, पर मैं इंतजार कर रहा हूँ कि इनसान ऐसा मशीनी कब होगा?

□

रोनेवाले मुझे पेड आर्टिस्ट लगते हैं

जिंदा लोगों पर मुझे यकीन नहीं। अगर तुम कहो कि यूपीए की तुलना में एनडीए बेहतर थी, तो क्या गारंटी है कि तुम बीजेपी समर्थक नहीं। अगर तुम्हें चिंता है कि बीजेपी के सत्ता में आने पर सांप्रदायिक सौहार्द बिगड़ेगा, तो कैसे मान लूँ कि तुम कांग्रेसी एजेंट नहीं।

तुम कहते हो कि उत्तराखंड की तबाही में लोग इसलिए मारे गए, क्योंकि सरकार ने मौसम विभाग की चेतावनी नहीं सुनी, तो जानना चाहूँगा कि जो तबाही में मारे गए, वो जीते जी ऐसी भविष्यवाणियों पर कितना यकीन करते थे।

अगर तुम कहो कि सरकार की गलत नीतियों की वजह से लोग भूखे मारे गए तो मैं शक करूँगा कि जीरो फिगर की खातिर कहीं वो डाइटिंग पर तो नहीं थे?

तुम चिल्ला-चिल्लाकर कहोगे कि मैं पीड़ित हूँ और मैं कहूँगा कि तुम ढोंग कर रहे हो, पीड़ित इतने लाउड नहीं होते। जो दुःखों की नुमाइश लगाते हैं, उन्हें ऐसी एक्जीबिशन आयोजित करने के लिए प्रायोजक मिलते हैं।

मैं कहूँगा कि साठ सालों में हमने सब बरबाद कर दिया तो तुम कहोगे, माई लॉर्ड मैं ऐसे गवाह पेश करना चाहूँगा, जिन्हें देश की मौजूदा तसवीर पर गर्व है। मैं कहूँगा, आई ऑबजेक्ट माई लॉर्ड, अगर गवाही करवानी ही है तो इन लोगों के लाई डिटेक्टर टैस्ट भी करवाए जाएँ और तभी तुम बोल पड़ोगे, मगर ऐसी किसी रिपोर्ट को अदालत सबूत नहीं मानती।

इसके बाद अगर फैसला तुम्हारे पक्ष में आया तो मैं कहूँगा, जज बिका हुआ है और अगर मेरे हक़ में आया तो तुम साथियों के साथ मिलकर कहना, न्यायपालिका को अपनी हदें समझनी चाहिए।

लोग कहेंगे कि अदालत को गाली देनेवाले सब गुंडे हैं और तुम कहोगे कि

हम गुंडे नहीं, पिछले सरकार के लोगों ने हमारे खिलाफ झूठे मामले दर्ज करवाए थे।

जानता हूँ ये बहस रुकनेवाली नहीं, मगर मुझे इन जिंदा लोगों पर भी कोई यकीन नहीं। भूख से कराहते ये लोग मुझे पेड आर्टिस्ट लगते हैं जो किसी पार्टी के कहने पर रोने का अभिनय कर रहे हैं। चाहता हूँ कि तुम सिस्टम के मारे कुछ सच्चे मुर्दा लोगों के बयान लेकर आओ और अगर नहीं ला सकते, तो लोगों को मरने दो, जब तक कि ये तय न हो जाए कि कौन सच्चा है और कौन झूठा!

□

प्लीज, मुझसे जलना मत!

हाल-फिलहाल वरिष्ठ आईएएस अधिकारियों के यहाँ पड़े आयकर विभाग के छापों के बाद से मैं काफी सहम गया हूँ। इससे पहले मधु कोड़ा के यहाँ हुई छापेमारी से भी मुझे काफी घबराहट हुई थी। रोज-रोज के तनाव से तंग आकर मैंने तय किया है कि हाईकोर्ट के जजों की तर्ज पर मैं भी अपनी संपत्ति घोषित कर देता हूँ। इससे पहले कि मैं अपने साजो-सामान के बारे में कुछ बताऊँ, ये कहना चाहूँगा कि ईर्ष्या भले सहज मानवीय गुण/अवगुण हो, फिर भी इससे बचा जाए तो बेहतर है। दिल थाम लें।

संपत्ति के नाम पर मेरे पास सत्तर के दशक का एक लंबरैटा स्कूटर है, जिसे पिताजी ने सन् बहत्तर में सेकंड हैंड खरीदा था। मशीनों को अगर इच्छामृत्यु की इजाजत होती तो आज मैं इसकी 15वीं बरसी मना रहा होता। जैसे ही इसे ले घर से निकलता हूँ, पास-पड़ोस की कई महिलाएँ पतीले ले बालकॉनी में आ जाती हैं, इस भ्रम में कि दूधवाला आ गया। मेरे पास तो पैसे नहीं थे, मगर इस दुविधा से निजात दिलाने के लिए दूधवाले ने अपनी मोटरसाइकिल में साइलेंसर लगवा लिया। एक-आध बार मैंने इसे बेचने की कोशिश भी की, मगर बदले में दुआओं से ज्यादा कोई कुछ देने के लिए तैयार नहीं हुआ।

इसके अलावा अस्सी के दशक का एक कलर टीवी है। उसके कलर होने का रहस्य मेरे और टीवी के अलावा किसी को नहीं पता। जब इसे लिया था तब ये इक्कीस इंच था, मगर अब घिसकर उन्नीस-साढ़े उन्नीस रह गया है। बुढ़ापे में जिस तरह दाँत झड़ने लगते हैं, उसी तरह इसके भी बटन टूटने लगे हैं। मुझे विश्वास है कि अखबार में इसके साथ मेरी फोटो छपने पर कोई अमीर शख्स मुझे गोद ले सकता है या फिर अंतरराष्ट्रीय मुद्रा कोष गरीबी उन्मूलन फंड से मुझे दो करोड़ डॉलर दे सकता है।

इसके अतिरिक्त घर में एक फ्रिज है। है तो वो घर में मगर उसकी असली जगह नेशनल म्यूजियम में है। बर्फ तो उसमें हीर-राँझा के दिनों से ही नहीं जमी। अब तो पानी भी ठंडा नहीं होता। ये फ्रिज का कम और अलमारी का रोल ज्यादा निभा रहा है। वैजिटेबल कंपार्टमेंट में मैं जुराबें रखता हूँ और फ्रीजर में बीवी चूड़ियाँ। दिल करता है कि फ्रिज की इस नामर्दानगी पर उसे भी दो-चार चूड़ियाँ पहना दूँ।

अन्य संपत्तियों में एक डबलबैड भी है, जिसकी हालत काफी बैड है। मगर वफादार इतना है कि सोने के बाद भी रातभर चूँ-चूँ कर घर की रखवाली करता है। ठीक उसके ऊपर एक पंखा है जो चलने के साथ ही चीं-चीं करता है। डबल उर्फ ट्रिपल बैड की चूँ-चूँ और सीलिंग फैन की चीं-चीं जुगलबंदी कर हमें रातभर लोरियाँ सुनाते हैं।

नकदी की बात करूँ तो मेरे पास सुबह सब्जी लाने से पहले, तीन सौ सत्तावन रुपए थे। ये देखते हुए कि महीना खत्म होने में दस दिन बाकी हैं, इतनी रकम जस्टिफाइड है। बैंक में एक हजार रुपए हैं (जो न्यूनतम बैलेंस मैंनटेन करने के लिए रखे हैं)। इसके अलावा घर में लोहे की अलमारी के लॉकर के सिवा, मेरे पास किसी बैंक मे कोई लॉकर नहीं है। उसमें भी मेरी और बीवी की दसवीं, बारहवीं और ग्रेजुएशन की मार्क शीट्स रखी हैं। रही जेवरात की बात तो जिस सोने की कीमत 31 हजार तोला हो गई है, उससे मेरा कोई वास्ता नहीं है, और जिस सोने से किसी का बाप मुझे नहीं रोक सकता वो मैं खूब सोता हूँ, बिना इस डर के कि कहीं घर में छापा न पड़ जाए!

□

धोनी की मानहानि और मेरी!

धोनी के एक चैनल पर 100 करोड़ का मानहानि का मुकदमा ठोकने के बाद से मैं टेंशन में हूँ। टेंशन ये नहीं है कि चैनल मुकदमा हार गया, तो 100 करोड़ कैसे देगा, बल्कि ये कि अगर कल को मुझे ऐसा मुकदमा ठोकना पड़े, तो मैं अपनी मानहानि का अमाउंट कैसे कैलकुलेट करूँगा।

चिंता एक मित्र से शेयर की, तो उसने कहा कि ये देखते हुए कि तुम लेखक हो, बहुत मुमकिन है कि अदालत तुम्हारा मामला एंटरटेन ही न करे। और अगर उसे ये पता लग गया कि तुम हिंदी लेखक हो और वो भी हास्य-व्यंग्य के तो पूरी संभावना है कि अदालत का वक्त बरबाद करने के जुर्म में तुम्हें ही जेल में डाल दिया जाए।

फिर भी अगर तुम किसी पर मानहानि का मुकदमा ठोकना चाहो, तो ऐसे ही चालीस-पचास करोड़ का दावा नहीं ठोक सकते, क्योंकि हँसी-मजाक लेख में तो चल सकता है, मुकदमों में नहीं!

इसमें रिस्क ये है कि इधर तुम किसी पर करोड़ों का मानहानि का मुकदमा ठोको और सामनेवाला उन रिकवरी एजेंटों की गवाही दिलवा दे, जो तुम्हारे फाइनेंस करवाकर खरीदे गए टू स्ट्रोक सेकेंड हैंड स्कूटर की बकाया किस्तें न देने के लिए पिछले पाँच सालों से तुम्हें ढूँढ़ रहे हैं। या उस सब्जीवाले की, जिसके मुफ्त धनिया देने से मना करने पर तुमने उसके सिर पर ईंट दे मारी थी, तो सोचो तुम्हारा क्या होगा।

ऊपर से लेखक द्वारा ऐसा मुकदमा ठोकने में रिस्क ये है कि सामनेवाला भी आपका लिखा पढ़ने से उसके दिमाग को पहुँची स्थायी क्षति के लिए आप पर मुकदमा ठोक सकता है। और ऐसा मुकदमा हार गए तो तुम्हारे पास तो बाथरूम की एक महीने से लीक कर रही उस टूँटी को ठीक करवाने तक के पैसे नहीं हैं,

जिसका लीकेज रोकने के लिए तुमने उस पर बड़े लड़के की फटी हुई बनियान बाँध रखी है, तुम भला पैसे देकर उसका दिमाग कैसे ठीक करा पाओगे।

ऐसी उत्साहवर्धक बातें सुन मैंने मुकदमे का इरादा तो छोड़ दिया है, मगर उस आदमी का क्या करूँ, जिसके ये पूछने पर कि क्या करते हो, मैंने जवाब दिया था—लेखक हूँ और उसने माथे पर बल डालते हुए कहा था, वो तो ठीक है, मगर करते क्या हो?!

□

गब्बर का होली बोनेंजा!

सालों पहले अनु मलिक ने अक्षय कुमार की फिल्म 'वक्त' में अपनी सुरीली नाक से एक गाना गाया था—डू मी ए फेवर लैट्स प्ले होली...होली... होली...जिस तरह से उन्होंने वो गाना गाया, बहुत मुमकिन था कि लोग इरिटेट होकर होली खेलना ही छोड़ देते, मगर उसके बाद भी लोगों का होली खेलना जारी रखना ये बताता है कि सच में होली कितना लोकप्रिय त्योहार है। इसके अलावा भी हिंदी फिल्मों से जुड़ी ऐसी बहुत सी चीजें हैं, जो ये साबित करती हैं कि होली हमारा पसंदीदा त्योहार है। मुलाहिजा फरमाएँ—

रघुवीरा की कमिटमेंट—ऐसा देश जहाँ हर दिन कोई-न-कोई त्योहार होता है, रघुवीरा का हर साल होली खेलने अपने घर अवध जाना ये बताता है कि उनकी नजर में होली के क्या मायने हैं। तभी तो हर होली पर गा-गाकर पूरे देश में ये ऐलान किया जाता है कि होली खेले रघुवीरा, अवध में होली खेले रघुवीरा। आज तक कभी ये सुनने को नहीं मिला कि टिकट कंफर्म न होने की वजह से रघुवीरा होली खेलने अपने घर अवध नहीं जा सके या फिर ये कहकर उनके बॉस ने उन्हें छुट्टी देने से मना कर दिया कि रघुवीरा, अभी तुम दिवाली पर भी तो घर गए थे। अब होली पर फिर जाना चाह रहे हो, ऐसा करो होली पर मुकेश को घर जाने दो, वो बेचारा दिवाली पर भी नहीं गया था।

जानकारों का मानना है कि ये होली का ही आकर्षण है कि रघुवीरा ने ऑफिस में बोल रखा है कि सर, भले मुझे दिवाली-दशहरा कोई छुट्टी न दो, मगर होली पर कोई चूँ-चपड़ नहीं होनी चाहिए और कहीं कोई ऊँच-नीच न हो जाए, इसे देखते हुए रघुवीरा 3 महीने पहले ही हर रोज 3 घंटे लगा आईआरसीटीसी की साइट पर अवध के लिए टिकट बुक करवाने की कोशिशें शुरू कर देता है और दो-तीन हफ्ते के अथक परिश्रम के बाद गोलेवाले मंदिर के हनुमानजी की कृपा

से उसे सफलता मिल ही जाती है।

चुनरवाली की बेफिक्री—ऐसे वक्त जब तमाम तरह के कैमिकल लोचों का इस्तेमाल कर हिंदी सीरियलों की सासों से भी ज्यादा जहरीले रंग बनाए जा रहे हैं, चुनरवाली हम सबके लिए मिसाल है। ऐसा नहीं है कि मैगजीनों में सिर्फ 'का से क़हूँ' टाइप कॉलम पढ़ने के कारण वो इन बातों से अनजान है, बल्कि ये उसका होली प्रेम ही है, जो लगातार बरसते रंगों के बीच इस भीगती वीरबाला को सालों से चट्टान की तरह खड़ा रखे है। भले ही वो पूरी सर्दी मुँह-हाथ धोकर ऑफिस जाती रही हो और कभी तो वो भी नहीं, मगर होली के बरसते रंग में वो खुद को भीगने से नहीं रोक पाती।

न उसे जाती सर्दी में ज्यादा भीगकर डबल निमोनिया करवाने की चिंता होती है और न ये फिक्र कि लोकल परचून की दुकान से खरीदा गया सस्ता गहरा नीला रंग पंद्रह दिनों तक उसके मुँह और हाथ पर चिपककर उसे रामसे ब्रदर्स की फिल्मों को ओवरएज चुड़ैल जैसा दिखाएगा। होली की दीवानी चुनरवाली तो आँख बंद कर पूरी तरह खुद को बरसते रंगों और पानी के हवाले कर देती है, बिना इस बात की परवाह किए कि 20,000 हजार लीटर मुफ्त पानी से ऊपर खर्च हो गया तो पिताजी को पूरे पानी का बिल भरना पड़ेगा। मेरा मानना है कि हर साल पराक्रमी महिलाओं पर छपनेवाली अलग-अलग किताबों में एक चैप्टर इस वीरांगना पर भी होना चाहिए—भीगे चुनरवाली!

गब्बर का होली प्रेम—यह होली का ही पर्व है, जो भारतीय इतिहास के सबसे खूँखार डाकू गब्बर की शख्सियत को एक अलग ही शेड देता है। हम देखते हैं कि एक तरफ वो इतना गुस्सैल और जालिम है कि ठाकुर को सबक सिखाने के लिए उसके हाथ काट देता है, वीरू को मजा चखाने के लिए बसंती को काँच पर नचवाता है, मगर जैसे ही त्योहार की बात आती है तो उसके अंदर का उत्सव प्रेमी बेसब्र होकर बार-बार पूछता है—होली कब है? कब है होली?

विशेषज्ञों का मानना है कि त्योहारों की लोकप्रियता को लेकर होनेवाली बहसों में ये एक डिफाइनिंग मोमेंट था, चाहता तो गब्बर ये भी पूछ सकता था—भाई दूज कब है? नाग पंचमी कब है? पोंगल कब है? या फिर चेटीचंड कब है? मगर ऐसा कुछ न पूछकर उसने सीधे ये पूछा, होली कब है?

इतिहासकारों के हाथ कालिया द्वारा बीवी को भेजे कुछ व्हाट्सअप मैसेज भी लगे हैं, जिसमें उसने इस बात का जिक्र किया है कि गब्बर, साल में एक बार

मिलनेवाला फेस्टिवल बोनस भी दिवाली के बजाय होली पर देता था। इसके अलावा साल के बैस्ट डाकू को होली पर मिक्सी और जूसर-ग्राइंडर के अलावा सिलाई मशीन दी जाती थी। और बाकियों को एक-एक पुडिंग-सेट के अलावा बड़े फूलोंवाली डबलबैड की चादरें बाँटी जाती थीं।

□

फेसबुक का फोटो माफिया!

पहले लगता था इनसान इसलिए शादी करता है, क्योंकि ये समाज का नियम है। वो इसलिए घूमता है, क्योंकि ये इनसानी फितरत है। इसलिए खाता है, क्योंकि ये जैविक प्रक्रिया है, मगर बाद में समझ आया कि वो ये सारे काम इसलिए करता है, ताकि खुद की शादी की, हनीमून की, घूमने-फिरने की और खाने-पीने की फोटुएँ फेसबुक पर पोस्ट कर सके!

मतलब हर चीज की हद होती है। चार बच्चों की क्लास में पेंटिंग कॉम्पिटिशन में थर्ड आने पर अगर तुमने अपने लड़के की ट्रॉफी के साथ फोटो लगाई है तो समझ में आता है, मगर तुम भानजी के जिला स्तरीय मेहँदी प्रतियोगिता में दसवें स्थान पर आने पर प्रशस्ति पत्र ग्रहण करने की फोटो लगाकर अगर ये लिखोगे—गुड़िया का हौसला बढ़ाएँ, तो कसम से खून खौल जाता है।

तुमने शादी की। किराए की शेरवानी में पुराने जमाने का दरबारी कवि बनकर दसियों फोटो खिंचवाई। हनीमून पर मनाली गए। घोड़े की बगल में गधा बन खड़े होकर बीवी के साथ चालीस फोटुएँ खिंचवाईं। बीवी के लिहाज से हमने तुम्हारी हर फोटो लाइक भी की। तुम इतने पर भी मान जाते, तब भी कोई बात नहीं थी। मगर जब तुमने दहेज में मिले मिक्सर-जूसर, सिलाई मशीन और 5 लीटर के प्रेशर कुकर की फोटो भी फेसबुक पर पोस्ट कर दी तो दिल किया कि साजिद खान की हिम्मतवाला देखकर आत्महत्या कर लूँ।

सच! ऐसे लोगों के दिखावे का आलम ये होता है कि जिंदगी में एक बार एयरपोर्ट जाते हैं, वो भी किसी को रिसीव करने और उसके बाद अगले तीन सालों तक उन्हीं फोटुओं को अलग-अलग मौकों का बताकर पोस्ट करते रहेंगे। मगर माई के लाल कभी भी मेरठ जाते वक्त सराय काले खाँ बस अड्डे की फोटो नहीं डालते। ऐसे ही एक मित्र ने नई गाड़ी के साथ खिंचवाईं, फोटो पर ढाई सौ कॉमेंट और डेढ़ हजार लाइक मिलने के बाद लिखा—दोस्तो, बधाई के लिए बहुत-बहुत शुक्रिया! वैसे ये फोटो पार्किंग की है!

□□□